倡导诗意健康人生　为诗的纯粹而努力

卓尔诗歌书店
THE ZALL POETRY BOOKSTORE

2020年度网络诗选

主 编○阎 志

人民文学出版社
PEOPLE'S LITERATURE PUBLISHING HOUSE

图书在版编目（CIP）数据

2020年度网络诗选/马泽平等著；阎志主编. —北京：人民文学出版社，2020
ISBN 978-7-02-016789-0

Ⅰ.①2… Ⅱ.①马… ②阎… Ⅲ.①诗集-中国-当代 Ⅳ.①I 227

中国版本图书馆 CIP 数据核字（2020）第 252111 号

主　编：阎　志
责任编辑：王清平
责任校对：王清平
装帧设计：叶芹云

出版	人民文学出版社有限公司　http：//www.rw-cn.com
地址	北京市朝内大街 166 号　邮编 100705
印刷	北京新华印刷有限公司
经销	全国新华书店
开本	880 毫米×1230 毫米　1/32
印张	10
字数	180 千字
版次	2020 年 7 月北京第 1 版　2020 年 7 月第 1 次印刷
ISBN	ISBN 978-7-02-016789-0
定价	39.00 元

中国诗歌编辑部
武汉市江岸区惠济路 3 号卓尔书店　邮编：430000
发稿编辑：刘蔚　熊曼　朱妍　李亚飞
投稿信箱：zallsg@163.com　　电话：027-61882316

如有印装质量问题，请与本社图书销售中心调换。电话：010-65233595

中国诗歌系列丛书编委会

编 委
(以姓名笔画为序)

车延高	北　岛	叶延滨	田　原
吉狄马加	李少君	杨　克	吴思敬
邹建军	张清华	荣　荣	娜　夜
阎　志	梁　平	舒　婷	谢　冕
谢克强	雷平阳	霍俊明	

主　　编：阎　志
常务副主编：谢克强
副 主 编：邹建军

目　录

特别推荐

马泽平作品选 ·· 3
刘义作品选 ·· 8
唐小米作品选 ··· 13
李松山作品选 ··· 18
窗户作品选 ··· 23
王学军作品选 ··· 28
茉棉作品选 ··· 33
雨倾城作品选 ··· 38
高作苦作品选 ··· 43
王妍丁作品选 ··· 48

微信公众号诗选

破铜之声（外一首） ································· 西陆　55
雨（外一首） ····································· 陈星光　56
使用时间（外一首） ································· 周鱼　58
最后一个苹果（外一首） ····························· 阿步　60
信（外二首） ······································· 九月　61
信（外一首） ····································· 王天武　62
被遗忘的（外一首） ······························· 刘阳紫陌　64
我们所有人（外二首） ······························· 叶开　66

我为失去的东西感到悲伤（外一首）	落葵	68
站在马路边的长颈鹿（外二首）	朱晓楠	70
幸存者（外一首）	徐小爱克斯	72
空巢（外一首）	南音	73
春日往昔（外二首）	宗树春	74
遥远的一天（外二首）	陆闵	77
陵水有记（外二首）	盘妙彬	79
宁静的根须（外二首）	羽微微	81
深渊（外二首）	灯灯	82
月亮的提醒（外一首）	杨勇	85
春天的四明山（外一首）	颜梅玖	87
酒馆（外一首）	吴素贞	89
物（外一首）	米心	90
我是我自己的反方向（外一首）	梁平	93
描述一种孤独（外一首）	横行胭脂	94
空白人间（外一首）	叶秀彬	96
目标是美的痛苦也美（外一首）	师力斌	98
给（外二首）	杨献平	99
春天（外一首）	桑眉	101
空间（外二首）	李昌鹏	103
走在山城步道（外二首）	金铃子	104
鸟声（外二首）	二胡	107
木偶戏（外一首）	迟顿	108
春分（外一首）	于海棠	110
在易县（外一首）	西卢	111
梅花树下（外一首）	范小雅	113
花事（外一首）	云垛垛	114
北纬29°36′（外一首）	嘎代才让	116

柳笛（外一首）	刚杰·索木东	117
打开窗户	阿顿·华多太	118
曼扎	康若文琴	119
还乡路上（外一首）	陆岸	121
灯笼病（外二首）	淳本	122
致富陷阱（外一首）	缎轻轻	124
我将（外一首）	卢艳艳	126
月光辞（外一首）	吴振	128
篝火（外一首）	崔岩	129
折射辞（外一首）	田字格	130
活着或者死去（外一首）	黄沙子	132
稻花（外一首）	胡晓光	134
深秋的云朵像棉花（外一首）	理坤	135
默契（外一首）	龙鸣	136
镜子（外一首）	廖江泉	138
爱这暴雨（外一首）	鲍秋菊	139
夜晚的星空（外一首）	耀旭	141

微信群诗选

枯草谣（外二首）	蟋蟀	145
你好白鹭（外二首）	余小蛮	148
我喜欢的人（外二首）	黄旭峰	150
海之眼（外一首）	洪光越	152
追鹤（外一首）	笨水	154
晴朗（外一首）	路亚	155
纬度（外一首）	呆呆	156
乡村夜行（外一首）	刘俊堂	157
巴别塔（外一首）	冰竹	158

患者（外一首）	刘岳	160
在临沂马场（外一首）	杨碧薇	162
叶尔羌河滩（外二首）	杨森君	163
田园将芜胡不归（外一首）	伽蓝	165
移山记（外一首）	卢三鑫	166
无题（外一首）	贾凯斐	167
空白（外一首）	阿蘅	169
汲取（外一首）	雪舟	170
灯下（外一首）	王强	172
显眼（外一首）	张二棍	173
苦楝树（外一首）	张建新	175
自我更迭（外一首）	康雪	177
白杨树（外一首）	霜白	178
西岭街（外一首）	林珊	179
身体列车（外一首）	纳兰	181
我说亲爱的雨（外一首）	念小丫	182
玫瑰（外一首）	秋若尘	184
格物（外一首）	李栋	186
望春风（外一首）	毛秋水	187
起源（外一首）	沙马	189
野花（外一首）	以琳	190
古籍（外一首）	吴西峰	192
春天（外一首）	海湄	193
沙与沫（外一首）	量山	195
苦楝树下（外一首）	沙瓮	196
汾河辞（外一首）	冯冯	198
回到水（外一首）	唐月	199
雨水（外一首）	南马	201

芦苇、炊烟与母亲（外一首）	李燕	202
借一弯月亮作弓（外一首）	肖许福	204
回望青春（外一首）	刘欣菲	206
无根萍（外一首）	张彩霞	207
深潜（外一首）	白麟	209
纪念碑	白海	211
高低上下（外一首）	李佩文	212
不可测（外一首）	肖春香	213
别名（外一首）	刘琴	214
遇见山水遇见你（外一首）	林宁	215

博客诗选

所有的（外二首）	贺蕾蕾	219
花（外三首）	严彬	221
苍茫人世（外二首）	阿毛	223
开车穿过若尔盖草原（外二首）	胡澄	226
种棉花的人越来越少（外二首）	向武华	228
一棵杏树（外二首）	七叶	230
题辞（外三首）	范剑鸣	233
朽木（外二首）	李继宗	235
剔除（外二首）	杨建虎	236
临摹（外二首）	陈安辉	239
荒草记（外二首）	木耳	241
磨刀的人（外一首）	王祥康	243
山有驿（外二首）	曹东	245
桃枝词（外一首）	杨角	247
野牛（外一首）	闻小泾	248
雨水记（外一首）	周簌	249

量知（外一首）	冷盈袖	251
艾略特的夜（外一首）	王西平	253
孤独价值连城（外一首）	夏杰	254
在春天要原谅一只蜜蜂（外一首）	孙灵芝	255
黄沙（外一首）	武雷公	257
砌墙者（外一首）	迷子	259
被驯服的大象（外一首）	王九城	260
两棵樟树	叶小青	262
不能挽留的	尔容	263
影子	墨痕	264
暖流	付江月	265

中国诗歌网推荐精选

夜雨记	胡弦	269
你当然可以说	蓝蓝	270
鱼	黄梵	270
检修	哑石	271
致	张清华	272
他的眼睛里有马的孤独	谷禾	273
物质论	孙启放	274
渡口	古马	275
夜晚散步	冯娜	276
晒时光	娜仁琪琪格	277
异乡的傍晚	广子	278
坦白书	马慧聪	279
刻碑的人	非马	280
蟋蟀在歌唱	江离	281
丁酉年登山偶遇放蜂人	俞昌雄	282

一只乌鸦	麦豆	283
霜降	汪抒	284
母亲	雪松	285
一把好枪	赵琼	286
深夜对饮	老井	287
外婆	虹羽	287
那年	陈荣来	288
我一再练习方言	白公智	289
巴河	林莉	290
山中	憩园	291
四朵桃花	蒋志武	292
夜行者	孔晓岩	293
归途	予飞	294
石鼓回信	独孤长沙	295
独处	叶菊如	296
伏牛山的暮色	北星子	297
秋韵	乌良	298
与一只羊相约春天	袁牧	299
南岳,有雾的早晨	木头说话	300
把秋天吃掉吧	橙橙酥	301
也写一粒米	戴玛	302
我要写那些在夜空中闪耀的星星	刚子	305

2020 年度网络诗选
特别推荐

马泽平作品选

马泽平，1985年生，现居宁夏。

符号关系学

顿号是逗号的邻居，归途遥远，总得有落脚处供人休憩。
而它们间隔百十米
像茶舍，像客栈，也像撑起一方晴空的油纸伞。
冒号和破折号——孤岛上亮着的灯塔，提醒我们正视
彼此相似的部分
或者是水流到此处愈见湍急，浪花裹尽泥沙和木头
暗礁往往在这里出现：一个人心底，总有光照不透的角落。
异数不过省略号，欲言又止，留空白给有心人填充
有心人是句号吗？
破坏和建构，虚无的宿命主义，甚至窄门
我们无法确知它将通往
鲜花和掌声，还是判决书和炼狱

什么都不新鲜了

他曾痴迷于夜半听雨
雨打湿芭蕉叶，浇透瓦楞草，撩动窗玻璃
听一回，心头就多一番滋味

仿佛雨才是抚慰人世诸般凄苦的良药
服一剂止疼，再服一剂化瘀，常服则清源祛根
他忘了古训：是药即有三分毒
他不断听雨，也不断地把雨讲给三两个友人听
直到中年，直到这个十月，直到他惊觉体内
涌出的雨水已淹过脖颈
耳壁内生了青藓，舌苔上有了污锈
眼球里翻滚着响声震彻天际的泥石流。
他病倒了，发烧，冒虚汗，干呕。
他觉得雨水就要掏空自己，
他昏迷了三日。
"什么都不新鲜了。"现在，他像断了母乳的孩子
重新识记万物名字
这棵是红葱，那棵是白杨，垂着脑袋的是熟透的谷子
是的，不新鲜了
雪终会落下来的，夕阳也会再次从东方升起
它们无药可医，它们也分生死。

发　现

我也曾有过这样的设想：
松针一一落定，你对我讲起归宿，和夕阳下的瓦雷里
每一天都会有新旧更替
你已离开你的位置，云朵一样，掠过山脊和大海
预言使无辜者苍老
我们并不能幸免
我们需要同一个母亲

需要哺乳和遗弃同时发生
总会存在的——
他曾先于众人遇见这样一面镜子
覆盖着，敲打着，亲吻大地
烈焰将会在熔岩深处缓缓升起

饮水记

必须得承认，这些年来，我喝入体内的
有奶水、雨水和雪水
它们中的一部分，长成骨骼、脾脏和精血
一部分促进新陈代谢
（身体也遵循自然法则，有摄入，也有排泄。）
我的身体，百分之七十，由水组成，我还在喝
每天，每月，每年
我的胃究竟能囊括多少？
如果可以这样叠加计算：我已喝进一条长江
我也排出去了一条恒河

晨练记

我们从洗漱和早餐中获取到什么？
可能是信息：我们又醒过来，面对新的天气
并告诉自己，欢愉因此而开启，我们得到的
将多过往日（与孤独为伴的人，悲伤也将多过往日）。

而他——造物的最后一个养子
在晨练即将结束的时辰
披露我们的罪,我们的贪欲,以及卑怯
我们需要燃烧的星宿,指引我们远离泥沼和陷阱。

梧桐畈:献给荷塘里那些闪烁如星的名字

我更愿意这样理解我们的关系
我们像是木匠和杉木
保持着斧头
墨斗和一把凿子的距离
我相信:需要经你之手,剔除旁逸的枝丫
剔除虫洞,拣晴日翻晒
我们才是檩条、飞檐和永远向着光明打开的窗牖
我相信这样一种可能
幼苗需要雨水滋润,需要斧头和墨斗
以使自己物尽其用
而在梧桐畈,荷塘遇见星辰,杉木遇见木匠
是造物的恩赐
造物赐予木匠矫正纰缪的力量
造物也使杉木有了向上,追逐星辰的勇气

绝　句

从客厅到厨房,空间还是过于辽阔了,我希望它能
再小一些。像核桃,像坚果和豌豆。

我们住在罅隙里，只占用小小的一角，等待造物的拳头砸下来
——我愿意守着这方寸孤独，愿意每一天，腾出时间爱你一遍。

想起一个喜欢登山的女人

有时候，我喜欢一个人，静静地坐在铁轨上看落日
可能也很想突然遇见你
但不会告诉你，
我还对什么暗中着迷。
你傍晚从哪座山上回来，庙宇和僧侣，头顶可否飞过几只灰鸽子
鞋底有没有沾到碎草和泥？
我也想过，和你一起做几件事，隐秘而含蓄
好像是爱情，又好像什么都不是。

在镇北堡

我的担心源自于那些晚霞，它们继续往西燃烧，就要把人间
最后一座山峰化为灰烬，把靠山而居的牲畜，白杨，青草和人
卷入沉沉夜幕，点灯的人走了，再也没有谁为我们
打造一艘驶离漩涡的巨舰。
甚至再也不能在进山路上找到一家酒肆，山风劲烈，我也不过是
另一重剧幕的遗迹
但现在，我还热爱着，情愿被雕琢，被吞噬，在孤零零的山野
没有人告诉我时光运转需要遵守的法则和秩序，
我想我再也醒不过来了，如果不是这穿透松涛的，几声雀鸣。

选自公众号"泥流"

刘义作品选

刘义,1983年生,现居江西宜春。

缺　陷

他们说那首诗有很多缺陷:
"不太顺畅"。"什么是顺畅?"
他想起湿地公园的河水
遇到石头激溅的水花。
他们还说:"不能用基石、灵魂、欲望
这样抽象的词,要具体一点。"
酒席上,他的身体往后
靠向红皮沙发的垫子上,
为了稍微远离桌上的酒杯,
看清它是具象还是抽象?
回去的路上,经过一条安静的小路,
他不觉停下车,独自走了一段——
一直在研究那首漏斗形结构的诗。

节能灯下

他从风衣口袋掏出电子书
磨砂护套磨损出灰色的脊背

用轻型的阅读体验,来抵抗生活的重型诗
这已成为他的惯技。
屏幕的世界敞开,被雪一般冷静的光填充着
阴影聚拢、溢出,覆盖水泥人性的表面。
这是傍晚工作间歇的寂静
耳朵退出宏大轰鸣的金属波涛
顿时陷入宇宙可怕的黑洞
他们换下褪色的蓝衣
分散在机器的长腿根部取暖
细微的交谈,与铁皮屋檐上
披着雨水的麻雀,同一种语调。
只有他,靠在节能灯下侧薄板上阅读
时间之纹深入摄像针头
涌出一道微蓝的光辉。

核　桃

某种外壳被敲破,里面的
果仁吐露出越狱的味道
更广阔的外观收缩于一颗坚果的内壁。

在人流稠密的市场,由箭道里转向鼓楼路
那个推着三轮车的水果贩子,也许就是退伍
转业下岗后的你——那种孤傲的架势

即使被多次驱赶之后,停留在一个临时的过道上
依然没有任何的减损——他兜售核桃时

倔强的声音击打着空气形成了坚硬外壳

有一次我正好路过,用很便宜的价格
领受了这种孤傲所凝结的坚果
其中一颗,放进柜子里,压在你的军功章上面。

对　话

出了食堂,他沿着
围墙的阴影往回走,
一只黑鸟站在围墙的尖玻璃上
孤独地鸣叫,它似乎在对抗
机器时代漩涡状的轰鸣,
又好像在呼唤年轻的同伴,
听了很久,黑鸟始终背对着他——
他一直在和那个消失的自己对话。

被遗弃的贵族
——给老傅

一个古怪的小老头,
每天骑一辆永久牌自行车。
从堆积成山的废纸里,
按自己的艺术口味,挑喜欢的食物。
白天的时光就这样消失,
夜晚,点一根蜡烛阅读。

我少年时代,就开始买你的书,
时间如同你脊背弯曲的弧度
我看过你年轻时候的照片,
眼睛射出明亮清澈的光辉。

你下岗,收旧书为生,却安之若素,
一个人,汉语里一只清逸的白鹤,
你念诗,世界仿佛是洁净的耳朵。

今天,我又推开老式木门
蜡烛柔和的光线,改变了房间熟悉的格局
你正在修补旧物,那么认真、专注。
你说:这些都是被遗弃的贵族。

永福寺

七级八面,只容一身,
在狭隘的梯道中,我再次
体会到低头、俯身的必要。
你笑我笨拙、局促,
我借谐音把你比拟为
佛经卷子里的九色鹿,
聪慧、顽皮,却有一道澄明的理性。

中途,经拱卷门,我敲了敲塔壁,
空洞,难道不是实质。

至塔顶，铜铃悬挂在上面，
我们之间隔离着——
一阵清风的伴奏，
一座孤塔的南音。

另一种攀登
——给 Ueli Steck

横穿珠峰时，一道轻盈的结束
令晨曦金环
崩裂成静的漩涡，悬崖惊呼
这烈士自选的归途。

在另一种攀登中，我把他理解成你
为了身体与笔凝聚为永恒的一瞬
在纸上不懈地搏斗、竞技
死去的前辈化为他修辞的
山峰、沟壑、溪涧、幽谷。

他拒绝所处的时代
设置在未来的艺术里
像孤绝的山峰
又像寂寞的清流
通过落日的眼睛，他看见你
——死亡是多么高贵的专注。

选自公众号"送信的人走了"

唐小米作品选

唐小米，70后，现居河北唐山。

圆　月

此时，秋虫已停止了歌唱
草地变成一块安静的舞台

抬头望明月的人
静静等待着黑暗中一枚唱针
放在闪光的唱盘上

野橡子

落在山路上的野橡子
如果我不捡
松鼠会捡
如果松鼠不捡
风会捡
风会把它们扔下山道
长成一棵棵野橡树

如果它们滚到别处

就会在别处长成一棵棵野橡树
如果不小心弄丢了它
我心里
就会长出一棵野橡树

石　榴

石榴大着肚子
果盘里坐着秋风的火焰

一颗星球，被摘下宇宙之树
果盘里撒下母亲的泪珠

怎么会有这样的女人？一生怀着火焰和泪水
端坐在果盘里

就像一场春梦
等着豁开它的刀

山　寺

我喜欢的菩萨背靠黄土，丢了一根手指
桑条留下牛羊的齿痕，他的眼睛
看向一条
手指般的山路。已经快被黄草掩埋了
一根手指，就像迷路人丢失的

指南针。

像我一样，很多事物来过又走了
松果落在寂静的松针上
仿佛佛前落满时间的钟摆

致青春

有时你弹着吉他歌唱
在漆黑的小巷的尽头
音乐的光亮吸引了一只飞蛾

它不是扑向你
它是扑向毁灭与重生
但对此
你一无所知

衡水湖

从天上看，湖
也许是大地上一颗流浪的心
也许是地图上一枚图钉

这是我和女儿争吵的结果
她的心太大
天上有什么

湖里就装下了什么
她指给我看
一只飞鸟和一根芦苇相互呼应时
目光和脚步都在奔跑
自由的和扎根的都在奔跑

她的湖和我的不一样
我从不做梦里发生的事
事实上我偶尔流动
只是为了
往时间的深处再挪一挪

火车穿过故乡

落日像巨大的喉结，在一条狭长的河流中滚动
那些说不出来的话，也被父亲吞了下去。
他扒着车窗眺望，野兔
在树丛中跳跃：
一面被桑榆包围的向阳坡
一个青年跪在那痛哭，"挖大些，再挖大些"
他哀求打墓的人
最后一个亲人也带走了他的故乡。
从此，他一次次梦中登上火车
清晨又返回异乡小镇
浓重的乡音在漂泊的普通话中
校正。
火车开这么快，又能看到什么呢？

我的父亲
却一直站在窗前
窗外,风一吹就掩面哭泣的旧坟,以及被雨水
洗丢了颜色的纸花
代替孝子
守着村庄。

风 雪

一团一团绵羊,领着自己的命在风里滚
放羊人,狠狠用手拉住绳子。他摔倒了
滚到一只绵羊脚下。天呐,是一只在风雪里
站起来的绵羊。它站在羊群里,像一尊
披着白斗篷的天神。现在,它代替唯一的
放羊人,高傲的黑蹄子,一个脚印一个脚印地
踩出一条雪路。
它没有鞭子。它穿着满身风雪。
它是不是神的羊已不重要,重要的是
在一个危险的夜晚,在梦里
不是镇定的鞭子,而是一只羊
把我带回了家。

选自唐小米新浪博客

李松山作品选

李松山,网名山羊胡子,1980年生,现居河南李楼村。

断　章

……要么,就在稿纸上建一个
果园吧,你的经历、所见和飞鸟
振翅的余音,是最好的养料。

——像奥拉夫·豪格那样,
在人字梯上修剪着枝杈,
并把一枚芳香的苹果放在小诗中。

杏花赋

每一朵杏花里,
盛放着一个不安的尘世,
黑压压的枝条,那么多。
繁茂而独立。
是庄子的古国,也是陶渊明的古国。
我在树下喝茶,读书;
孟浩然说到,梦里的落花,
杏花便落了下来。

一些随风飘向墙外，
一些安坐在书本上，继续做梦。

绘　者
——给九月

我们走在各自的神秘丛林里。
我们都是缪斯眷顾的孩子。
渴望光又被光排斥
在书桌前，我像一盗火者；
凿穿文字的页岩。
你支起画架，在丹江湖畔，
借助画布上线条的辅音，
完成了一次跳跃。

灰鸽子

鸽群扇动翅膀上的晴空
它们绕过低矮的房舍，
草屋上的瓦松与斜阳对视。
那楼洞里仿佛有好多好多的鸽子。
多少年过去了
那栋老式建筑和鸽群早已不知去向，
村庄正被城市袭来的钢结构越箍越紧。
有人从郑州回来，说见到过它们
一排溜站在高压线上，目光呆滞。

也有人说,在南方见过,
食客们打着饱嗝,一抹嘴。谈着股市和女人。

芒砀山,梁共王陵墓

言辞的锉刀凿开厚重的页岩。
追溯,铁蹄裹挟着尘烟,
在钟声袅袅的余音里
玻璃栈道下的青草,挣扎着,
贴近钢化物质,似乎要捅破
还历史以在场。
墓穴阴暗潮湿。钱窖。陶俑。
壁侧里,流水从远古的逼仄里涌出。
从王陵出来,我仿佛是针砭掸落的一粒尘埃,
从熙熙攘攘的高空跌落。

鸢尾花

野蛮。任性。偶尔耍点小脾气。
像你一噘嘴扔在路旁的风呼噜。
风带大的野孩子。
有一次,我去县城,
工人们正把移来的鸢尾花,
植在路中间的花坛,
我远远地看着,
仿佛一只只飞鸟被摁进笼子。

满 月

刚到河滩它就卧下了,
胸脯和鼻孔像一个拉风箱。
对于外界的事物,它有三分欣喜,
二分的好奇,和五分的抵触。
比如它会轻嗅野薄荷和半枝莲,
露珠在草尖颤悠悠地晃。
比如草丛突飞的野鸡,会让它惊慌,
世界总是充满好奇和未知。
像光芒中的艾薇①,
父亲眼中的一丝爱怜。

再大一点

再大一点,
它会跟随羊群离开熟悉的河滩,
到远一点的山岗。
荆棘,蕨类,和针松让它感到新奇。
它从岩石上跳到因断裂斜挂地面的松枝上
而生活从来不缺少魔幻的戏剧性,
刺猬团成刺球来抵御敌人保护自己。

---

① 艾薇,扬尼斯里索斯的女儿。

水漂子的染色体会让它误以为那是一段树枝。
它卧在布满青苔的岩石上
当然了它不懂苔花更不懂衰枚。
它向下俯视，松涛的波澜，
世界的白若隐若现。

麻 雀
——给冯新伟

在杨树和桐树间来回穿梭。
为了等待另一场雪，
来回调试着滑雪的角度？
这些年你经历了什么啊？
失眠。偏头痛。信奉庞德的教条主义。
一首诗给你带来的仅仅是心灵的欢悦。
但她胜过T台，掌声和华尔兹的盛宴。
今年会下雪吗？那只麻雀叽叽喳喳，
在树枝上鸣叫两声
像是反问。
我只是比划了弹弓发射的手势，
它就飞走了。

选自李松山的朋友圈

窗户作品选

窗户，1980年生，现居浙江金华。

晚风帖

我想要的梦境是这样
花香浮动，初叶清新
高大的树林
遮蔽着低矮的生活
星光闪烁的河流穿越宽广的土地
远方是你
远方是我
所有美好的馈赠
来自于夜晚，那无限阔大的晚风
荡漾着，具有王的最温柔的力量
所有错误已被纠正
所有罪行已被赦免
春月照亮一个新生的你
春月照亮一个新生的我

夜色中

夜色中，我在等什么

很多年,我一直一个人
长久地坐在夜色中
有时窗外下着雨
有时窗外星光灿烂
有时窗外寂静深黑

身体上的时间
一点点流逝着
但我并不恐惧
黑暗在我的四周围笼罩
但我心明亮
孤独一直坐在我的旁边
但我并不孤独

庚子年:雨滴声

孩子睡下。我走进书房
刚刚坐下,就听见
不知从何处传来
似落在铁盆子上的水滴声
一滴。一滴。清晰
有力。我起身走到厨房查看
水龙头紧紧关着
水槽干净
其他地方也完好无损
我再次回到书房坐下
水滴声,依旧有节奏地响着

并在空气里四处回荡
窗外更多的雨
我并没有听见它们的任何声音
它们落下,就仿佛消失了一样
只有这水滴,是幸运的
被我听见。它撞击出它的声音

庚子年:春水辞

下了几场雨,桃花就谢了
我不知其间:它们是静默欢喜,抑或在向天呼号

连续几夜,大风叫醒了我
我想着一些城市,远方是否一切安好

现在雨停了。我伫立窗前
变浊变急的东阳江水,仍在城中流淌

大风吹散落红。太多悲伤
使得每一寸土地的每一个日子,都变成了清明天

我为上苍不仁
为写下的每一首诗羞耻

三千里水乡泽国,海潮江城涌
东阳江流过金华,流向钱塘江,流向海洋

庚子年：雨中鸟鸣

雨中，鸟鸣
时有时无，断断续续
我坐在阳台的椅子上吸烟
烟头一时亮，一时暗
我不确定自己
这一刻，想抓住什么
合上眼睛，一些记忆慢慢涌来
没有秩序，不讲道理
有时是你
有时是陌生人
于是我又睁开眼睛
把目光停留在
角落那棵垂挂下的绿萝上
它叶子暗绿，但闪闪发光
这时，清脆的鸟啼
又在响起。我凝神倾听
它又突然消隐。
一切仿佛都是徒劳的
唯有雨，一直静静下着
从不向我索要什么

庚子年：教育

现在，每天最重要的工作：
便是教小之读书，写字。
当然还有算术。陪他玩游戏。
临睡前和他一起背古诗。

我想起我小时候，
只会跟在劳作的妈妈后面。
在地里挖蚯蚓，到树上掏鸟窝，
在河中扔石头、捉鱼……

我至今保存着自然
带给我天真、自由的一份快乐。
无论遭遇艰难的日子。
还是经历多次的绝望。

我知道小之，无法和我一样，
接受真正的自然的教育——
它的教材只有：山水，森林，田野，
庄稼，风雨，飞鸟……甚至是蝙蝠。

选自公众号"送信的人走了"

王学军作品选

王学军，1982年生，现居宁夏吴忠。

夜晚怒涛

我似乎听到大海的叹息，从夜的深处涌来
越来越近，越来越清晰，越来越澎湃
人流喧嚣如潮，如万马奔腾般滔滔远去
夜如纱，隐藏的美貌在闪闪星光下，渐渐隐现

我怎能安眠，风中弯曲的背影还在呜咽
在我的心田里，荒草疯长
时间撕裂的身躯已经腐烂，夜行人正在消失
北斗星装扮的天空也归于黯淡。只有
笔下的火苗在册页里燃烧
撕碎千张纸，随风飘扬的只有灰烬
那一星火花躲在水中
等待又一个春天，终会燃起绿色的火焰

晨 雪

晨起，站在静谧的天幕下
精灵披着晶莹的翅膀

正漫天飞翔。我闭上蒙尘的心眼
童年的世界就在眼前，正无限地延伸
这柔软的地毯，洁净又温凉
就连身处的村庄，都躲在沉重的覆盖下
开始了安静的冬眠

我试着睁开尘世的双眼
牧羊的邻居披一身脏雪
他的羊群薄薄的
在迷梦的浑浊中，孤独前行
哪里传来了男人的喧哗
惊起了一只寒鸦，咆哮着，急急飞入蜃景

大地上折叠的翅膀

黄昏就这样来了
火红的脸颊，在蜃景的奔跑中染红了原野
思儿的父亲啊
回忆零碎的温情，能否把最后的忧伤抚慰

黄昏就这样来了
我走出家园，漫天的乌云
携带着鞭形的闪电
怒吼着，无视弱小生灵的悲哀
一时的哀伤是那么小
如出卖苦力者背上遗落的沙尘
这最后的火苗

留给携带幼年记忆的儿子吧

黄昏就这样来了
我打开身体
细数岁月的伤痕，我无法忘记
火风吹散的家园
那个把自己留在火风中的男人
他卑微的一生是洒落的风尘吗
啊，那个坐在记忆里，定格时间的男人
他的眼中黄昏有磅礴的泪水

黄昏就这样来了
昙花一现，时间就穿上了黑色的长衫
他扔掉白天的衣服
迎接夜晚来临时的战栗

奔跑的风声

如浪的喧嚣从行人的内里汹涌而来
还有早晨的鸡鸣狗叫，车马喧腾
雄鹰的悲鸣送来厚厚的孤独
几头绝望的骆驼用骄傲的步履跑向沙漠
夜归的牧羊人走在山河的怀抱里
扇形的羊群偎着他
他成了唯一还在云朵上奔跑的男人

劳动者的脚步是嘈杂的噪音

还有那些穿青衣,总是向往远方的人们
据说,他们胸中的火焰已经越来越小
脚下的风暴却越来越紧

我束紧衣衫,带上几个从梦里醒来的兄弟
我们都身手敏捷,擅长在早晨动身远行
在某个灿烂的早晨,突然就迷失在苍茫的荒野中

那抹我们看不见的光

夜晚沉下宏大的翅膀
白昼逃离,只剩耀眼的光芒
此时,暴雨燃起漆黑的火焰
帐篷村,我没有听到它夜晚的喘息

停电了,兄弟们开始在地上放火
六月的潮湿中,蚊虫在肆意轰鸣
火光中映出几张苍白的脸庞
他们心里的牧场此刻是绿色的吗?
啊,我马莲花色的田野
一直在梦里泛着馨香

黑夜垂下劳累的臂膀
暴雨的喧嚣中
唯有远方的家园
才有今晚明媚的月亮

偶拾的枝叶
——晨读米沃什

野马在锋刃上奔跑,马蹄滔滔
江山震动
那只握笔的手,正擒着激奋之笔
在沧桑的纸页上涂抹江山
山河娇美,葱茏的容颜容易失色
伤叹,我居然忽略了润风的匆忙
望着干旱后粗硬的大地,脸颊萎涩
薄雨追逐着风,秋天的叹息淅淅沥沥
故乡突然就凉了
远山,树木,村庄
被子般拥抱大地的浓雾,轻轻抚摸大地的针
路边低头行走的牧羊犬
穿蓑衣,胡须纷乱,忧愁赶路的兄长
我的诗歌地理一夜之间置换了一百年
正是你笔下饱含酸楚的维尔诺
忧伤,僵硬
浓汁稀释后滴落金色的诗篇

早啼的雄鸡在惨白的隐喻中噤声
合上书页,端起时间的杯子
啜饮中,又一匹野马披着光,在大地上奔跑

选自公众号"卓尔诗歌书店"

茉棉作品选

茉棉,70后,现居湖南长沙。

地铁上的月亮

透明多么重要。
我看见了月亮,疾驶的玻璃门上。
列车从地底下,江底下
走到了地面上。肥皂泡似的喜悦。
绿皮火车和高铁看到的月亮
(想去一个从未去过的地方)
异乡与浮生之感。现在我快要到家了。
我将掏出钥匙,抽出钥匙,开灯,关门。
四月草木的气息,秋天般清冷。

像卡佛一样

我知道郁结的缘由
皱纹之间的深渊

地球自转,公转
光分配给不同的黑暗

我理解第一排与第二排的标准
年轻与年老

理解了自己
知道鸢尾名字后的改变
理解：看见就像没有看见

我经过还没天亮的停车场
早班车空空荡荡
如今，我也像卡佛
叫自己亲爱的，仿佛被人爱着

蓝色的花

我还在搜索它的名字：
开放在水中，蓝色的花

我们在一个难得的下午
同时看见了它。凝视它
它也看见了
栈桥边上站立的两个汉字：孤，独

你拍下它打开的翅膀时
你也进入了胶片——

湘江的涛声
短暂停顿的竹林小径

暗物质

风,好像静止了
椅子后面的山茶花一边开,一边落

寺院伸出的檐角
与山顶上一块灰白空地,保持适当的距离

长久地枯坐。一个人
长椅边缘
空出来的位置
像是拒绝,像是留给同样的人

看不到表情但可确认:
当他抬头
南方潮湿的月亮
就是让他恨意全消的,北方的月亮

方法论

当一只老虎盯着你
你就成为它的菜单选项
你不可慌张逃跑
也不可趴在地上装死
专业饲养员告诉你

应该双手叉腰,大喊大叫——
放马过来
这样,你就有可能成为英雄
我认为最好的办法是
给这只老虎配上一只不同性别的

比喻的方式

陆续有人坐在周围。
崭新的浅蓝色牛仔裤,破洞里
走动白皙的肌肤。
地铁上微弱的气流
无意识吹动
裤脚边垂下不规则的布线头。
主流,非主流
自由和反叛从未有缺席。
忽略年龄就是
忽略日历,忽略之前的失败,
忽略此刻:他人的眼光。
随身携带笔和笔记本是必要的。
我思考比喻的方式,不用"像"。

特别推荐

亲爱的痛

我抱着一沓书
书的作者已不在人世
暖阳中浮动着植物的香气
僻静之地
轻易就能找到它们的源头
我缺少同伴
我不想上楼
漫无目的
我的边界就是地球的边界
我写不出痛了
亲爱的,亲爱的痛
晚年的基弗
将灼热的铅水倒泼在平放的画布上
让它们自由流动
不再被愤怒和绝望驱使

选自茉棉新浪博客

雨倾城作品选

雨倾城，70后，现居河北丰润。

你喜欢的人，是你身体的一部分

1

星光落满我的桌子
是你带来的吧
晚上数羊的人，一宿未睡
你知道吗
你知道吗

2

你在就好。
你在，我就可以陪你沉默，也可以陪你说话
你在，就是好消息
你在，就不想长大
你在，我就是世界上最甜蜜的人

3

你未在途中。
穿好衣服，我能做些什么呢。

唐山的夜，好静，好长
还是给你打个电话吧
还是给你写封信吧
还是把你忘了吧

4

天黑了。你在不在
天亮了。你在不在
桃花开在了今晨。你在不在

哦。不要紧。
你不在，我就一个人坐在马路上发会儿呆

5

为你掉一滴泪。现在

你送我的
我已珍重收藏
我送你的
你把它放在哪儿？

6

以为你会来
在明月的路上
在三月的雨中

这真叫我慌张

7

躺下的时候
听见你说,"我不开心时,总是想到你"
满足
不哭出声来

要我,就给你吧

8

"离唇,近一点;离胸口近一点;
离爱人的手,近一点"

我已枯木一般。
等你的火
不等春风了

9

在你睡觉时,才敢告诉你
你喜欢的人
是你身体的一部分

可,从前
我不认识它们

10

你在桌前看书
写字

干杯,干杯

那个贪心的孩子啊
拉着你的衣襟不停喊,"理我理我理理我……"

11

不许个人迷恋
不许亲亲
不许乱说话
不许偷偷叫我一声:
……宝贝

多难为情啊

12

我在无人的公交上看到你
我在渐暖的街道边看到你
我在刘若英寂寥的歌声里看到你
当我烧菜煮饭,我又在跳跃的炉火里看到你。

你在我要去的每一个地方
种下玫瑰

爱我吧

13

想来想去,这个世界,还是你最好
你注视着我

我注视着我们说过的话
整天被你想着。我是你的

睡吧，我高兴啦

14

我在书页上抬起头
大片大片的雪落下来
我温暖过你吗
每一片
都是你的名字，名字

含着泪。我也落下

15

我会用全部余生，陪伴你。时间够不够？
生命够不够？
不够，就透支来生。

16

心里总是你。天天

如果有酒
就给我一杯吧

选自公众号"梵舟记"

特别推荐

高作苦作品选

高作苦，1971年生，现居广西玉林。

残存的美，被河水忘掉

卸下日复一日的残妆，流水长，奔跑短
暖暖落日西去一千里，草无忧，花无缺
我已日渐消瘦，在茫茫人海中
被重返的流水一眼识破，无法从闪电的往事中脱身

你变旧，变白，在我耳边
吐出蜜蜂的嗡鸣，而甜蜜凝固，花朵中
埋着黄金一两、十两，辙印中可以挖出一座
满满的、新鲜的花园，它不可以拆零

你很近，又很远，你住过的空气里
有桔梗花清香的味道，晚霞落井，花开有声
午后阳光下雪一样，落满你肩头、发梢
你变得白茫茫、空荡荡，身体里不断搬来远方和桥梁

以及，年久失修的我
以及，翻身逃脱的悲伤的大海

黯 淡

稀薄大厦里,稀薄的相遇
旧事旧物都很淡,烟雾,慢慢飘散
是这个人,让我心痛,收紧
大雨中瑟缩的拥抱也随之收紧

一场无边无际的豪雨,重整山河
眼泪分不清,也并不重要
掸掸灰尘,把折断的幼树,弹出体外
受伤是必须的,大雨消失之后又会涌上心头

大雨扼杀的一切,可以忽略不计
雷电追逐的一只雀,是的,它比雷电
慢半拍,死亡是必须的
汹涌、黯淡、遗忘是必须的
东边彩虹飞起,世间万物抓不住她

天空中,并无浮云

仅剩,广阔的蔚蓝,占据新鲜而失神的一天
水塔尖顶,升起麻雀弄丢的村庄
鲤鱼压弯河道,这不过是汛期中
寻常的浪花,天空除掉浮云

就像花朵除掉蜜蜂，让甜蜜积压下来
旧日子停顿，转弯，惊飞蚱蜢之后去向不明
我记得，某年某日的天空，蓝色的
同时是明净的、一望无垠的，让人不知所措的

这让人何去何从的天空，雁无伤，云无影
我越来越喜欢你无意弄丢的村落、溪流
村庄人寥落，游鱼清可数，我越来越喜欢
饱含你气息的每个角落，清晨或黄昏

我记得，你我相忘的一天，晴空万里
这一天蜜蜂戒掉花朵，将甜蜜归还大地

在漆黑中醒来，在曙光中忘忧

贴着屋顶飞翔，寂静的大地、人间
摇碎月光的竹林，这遍地的美铺向远方
恍惚的芦苇向下游奔跑，他跑呀跑
他是被月亮遗弃的孩子，是我的孩子

泪水养大的孩子，体内的炭火仍未熄灭
忘掉这忽明忽暗的世界吧，它伸出巨掌
从你发愣的一个瞬间，拿走你辽阔的一生
孩子，你有多少细微和热爱，就会有多少星辰和忏悔

有一个爱你的人，躲在波涛中哀哀哭泣
你也曾深爱过她，你爱她漆黑中明亮的牙齿

温柔的低语：岩层下有鹿群奔过，滚烫的夜晚
这该死的夜晚弄丢了它永不复来

浮世空城

你不来，我只能是
一座孤独而热烈的空城
我们痛饮菊花、秋凉、暴雨中的火焰
你不来，你被雷电所伤，被花香的往事击溃
葬在南山脚下的我，就是你废弃已久的仓库吗
一座装满春风的仓库。多少年来，我体内
躺着一根无人认领的鞭子
多么软弱、悲伤、奄奄一息的鞭子呀

彩虹浅浅

这世外的惊鸿，来得迅猛
一半新鲜，一半模糊，甚至不知所踪
她从山间来，从大雨的淋漓来
从亦真亦幻的梦境来，辽阔的手掌推出她

她明媚地现身，空前地灿烂
不可仰视。她不是她自己，是集合
数千人之梦，锻造的不坏之身
她从大地走过，被天空收为干净的女儿

她劈开红尘，在夕阳下，放养一条鲜嫩的小河
她从自己体内飞出，炊烟、鸟群、泥泞的街道
纷纷破碎。她还有若干定力，将相思化解
红尘男女被她遗忘已久

人间中毒

河流被删除后，在泪水里重现
沙漠被删除后，在绿洲里重现

旅途被删除后，在越来越宽阔的
风景里重现，黑夜被删除后
在黎明的哽咽中重现

山峰删除内心的浮云
天下本无云，庸人自扰之
一只只向悬崖攀登的蚂蚁
删除了自己孤独的歌唱

被你删除之后，我在山间漫步
每年杜鹃花开，都会映照我心
你的芳冢在万花之间，枝杈交错
被你删除之后，天地无期
悲欢与流水合为一体

选自公众号"九洲江诗群"

王妍丁作品选

王妍丁，60后，现居北京。

匕　首

右腿疼死了，不是疼痛的疼
是缺钙的骨头，喊叫的疼
它叫喊那些经过的小路，叫喊桥梁与河水
叫喊日月和星辰，也叫喊左邻右舍
并大声叫着树上的麻雀

没有谁看见它的钙
一个人的钙，就这么不见了
他的钙，原本藏在最硬的骨头里
硬得像一把闪亮的
匕首

念　你

这一碗水清得，可招来
明月和清风

月光在上

借机洗洗眼，耳，鼻，舌，身，意
这万里江山，赤橙白蓝
云在云上，心在念上
念佛声声，却念念是你

好吧，今天只念你
念念是你，却似佛应
空谷幽兰
原是旧相识

知　音

桃花又开了，意味着
去年的池塘
将重新荡漾起来
而生活又会多出一些曲折

也许没有人想过一枝桃花
盛开的前夜
像那个每天切开葱段的人
有谁会注意，她眼中是不是
偷偷溢出了一层泪水

桃花和女人，都是含蓄的
辛和辣，都藏在了背面
背面比之绚烂可能更接近于真实
但桃花和女人都愿意守住

刀尖下的秘密

桃花的守也许只是出于本能
不像女人,是有野心的
为了山更像一座山
有峰有梁,有险峻和巍峨
女人没想过要做命运之王
她只是单纯地想成为
谁的一段流水

选 择

就是想抱一抱你
这个念头,在心底搁置很久了
如果不是这只口罩,阻隔了
春天的火车
我很快就会在那节车厢上,给你讲
那个梦

那个有趣的梦,突然像一块冰
凝固了。一个月,又一个月
脸上的面具,越来越沉重
一只口罩,越来越不轻松

每个人都会把自己埋得很疼
生或死,都有着不能虚构的阴影
人们从解构中学会了服从,谨慎

如果能够,此时,相信很多人会选择
过一只鸟的生活
每天出来,只是看一看天气

事实就是如此,我想念你
却也只能画地为牢
在想象中完成一列幸福的火车
或某一节车厢已涉过万重山水
除了代表更深的思念,月光
会碎成白银
但一颗金子般的心,常常也会
浴火重生

一朵花和另一朵花

还没有拍下春天的样子
就落了,没有任何声响
也许是有的,最初,在河边一起看过日出
还看过日落,知道这一生,并不会很长
从朝至暮,甚至来不及孤独

孤独和孤独可以待在一起吗
从没有问出口,也就不可能有答案
像佛陀捻花,而迦叶只有一个
芸芸众生,也像树上的花

等　着

一个影子遇见另一个
两个影子便发出了光
多美的黑夜
一束光，已足够温暖
整个世界

人生不会总这样的
无依无靠
黑夜有多黑，它的折射
就会有多明亮

等着吧，等着，等着河边的嫩柳
等着对岸的日出
等着一个涉水而来的勇敢者
等着门楣上一只风铃
叮儿叮的
叩门

选自公众号"妍丁的草地"

2020 年度网络诗选
微信公众号诗选

破铜之声（外一首）

◎西陆

在青凉寺，飞鸟无声，太阳平静
鸽子仿佛束着翅膀。穿过矮山、小河，穿过
石棉瓦、玉米地
最后，穿过庄稼汉的身体

仿佛，飞鸟是隐形的
仿佛，人们是透明的
仿佛，青凉寺是柔软的
配合着低沉的飞旋之声

拿破铜的小孩，是村里
唯一的生动之物
叮当一响，
惊起一群飞鸟

喊

喊石头上的亲人
喊田地里的紫薯

喊玉米林的白兔
喊红灯区的小芙

喊山上俯冲而下的麻雀
喊拄拐杖下矿的铁牛

喊夜里的萤火虫
喊封闭空间里满地的烟头

——我学着,用最浑厚的音
喊亲人,喊每一个柔弱的人

因为这么多年来
也有人,一直在高声喊我

雨（外一首）

◎陈星光

雨掉在树叶上
她就那么站了站
就跳了下来

在叶上是绿
像一只只蜂鸟
如果足够寒冷

透明的翅翼就像一个人
白天的哀伤

更多的雨下在大地
像我走在孤独的人群中
没有人喊：亲爱的
她来过，无声无息

但雨抬高了沉默的湖面
……喑哑的雨

恍　惚

人群中的脸庞幽灵般浮现
又幽灵般消失，
他们都有高贵的服饰和举止。

我躺在临街的床上好长时间爬不起，
但感觉宁静又满足。

像是在前仓的古老街道，
又像是美丽小镇西西里。

只是我不是那个少年，
旁边有我的儿子。

醒来已是十一点四十六分。

昨夜的疲倦还未完全消失。

使用时间（外一首）

◎周鱼

是的，我想好了。
唇上的伤在结痂。
我坐在绿色的叶子下面，
坐在绿下面。别的色彩分开
在道路两旁。

坐在公园抽着新芽的歌声和
闪烁着黄昏的书店之间。
只有风是常客，来回涂抹
这条小路，这张
在密集震动的字词旁的
插画。

这样的生活，也许总有人会觉得：
真是够了吧。但这一个月，
我还是不想做任何改变，
里面的风摇动我，我感到快活，
不知道时间在何处，要找它做什么。

无 题

烛火在款款摇动,
冷烛与热烛参半。
室内的每个角落
都被它拽着。

我意识到我不能说
我身上所发生的过去
是虚假的,也不能
说它是真实的。

就在窗外,树与树
之间的偌大的黑暗
之中,我怀疑存在着
什么。可以说除了

这看不见的什么,其他
什么也不存在。也可以
说这看不见的什么
让其他的一切存在。

最后一个苹果（外一首）

◎阿步

我把冰箱里的最后一个苹果
拿出来，摆在桌子上
阳光穿过窗户正好落在它的身上
我站在一旁看着它
黄的地方更加金黄，红的地方更加鲜艳
那一小块儿灰色的疤痕也更加明显

每时每刻都在死去一点

苹果被我
一口一口吃掉

没有第二个苹果
没有第二个我

每时每刻我都在死去一点
一点一点

信（外二首）

◎九月

在这样的日子里，你什么都没说。
只是，我一想起远隔千里
心中的丘壑就荒芜了。

我想念你曾搬运一整车一整车玫瑰的手指。
我37度的身体，急需一场大雪。

小 筑

怀想起那个，从鸟鸣的缝隙里透出微光的晌午
梅花开满昨日之雪。

溪水停留在还未走远，山坡的轻喟处。
人影，得以清晰起来。

我在此处，浣洗自己愈发沉重的俗念。
铺排开大片大片的云朵。

饱蘸黛色，让"小筑"这一方悠然闲章
拓印在出走与归来的辩论之辞旁。

布洛芬

安吉利科,在湿壁上虔诚地涂抹。
白云极速下坠,让人来不及思考。
我很好。我应该毫无血色
像被白色熟石灰反复粉刷。
我拿起杯子,吞下几粒布洛芬。

如此安静,我小小的白色理想国。
将自己放飞出去,就连梦,也不用做了。
那些在疼痛里诞生的赤红、灰绿
(或许还有一些天空蓝)
散发出矿石沉默的光泽。

有一丝苦涩觉醒的味道。
代替楼下花墙旁的园丁
它们一整晚,都在修剪我。
感谢这样的恩赐
当晨光,照进来的时候。

信(外一首)

◎王天武

变长的信。

我们也许能说说世界。
你每天呼吸的空气就是世界,
你每天看的报纸也是。你——
和破折号也是。有好的空气和
坏的空气,有好的信息和坏的信息。
灾难的信息是好信息的一部分,
因为它真实。坏的信息是用发黄的
牛皮纸做成,用一些被惯坏的人的情绪。
我们在好信息和坏信息里,像骰子。
我们翻滚,一会儿翻到好的一面,
一会儿是坏的那面。一生只能翻几次。
最后,戛然而止时,太阳回到
它的轨迹。

雪

那天晚上,我听着雪
是风裹着雪,扔到墙上,玻璃上

但一下子,我心里忽然清凉
我知道是雪来看我
七岁或八岁的雪,趴在窗台上看我

被遗忘的（外一首）

◎刘阳紫陌

一条新闻
从"新""热""沸"到"爆"
最后在短时间内
消失
我常惊叹于大数据之下
遗忘的速度
就像石子投入大海
只有刚落下时
激起了小圈的涟漪
而
远方灯塔仍在
石子沉入海底
海水永不干涸

限　定

我常常认为
人意识到自己
长大或变老
都是一瞬间的事
就像在夏日
睡了一个
很长的午觉
醒来发现
炽烈的太阳还没下山
只是风开始变凉了
蝉鸣还没停止
而树叶
先落了

以上选自公众号"送信的人走了"

我们所有人（外二首）

◎叶开

我找不到卡佛了。
卡佛的，
我们所有人。
那本黑色封面的诗集。
他的脸，
像长在石头里。
他可怜的前妻，
从烤箱里
端出
比石头还硬的黑面包。
她一直在生活中
苦苦挣扎。
还有，他总是搬家的母亲。
他惧怕拿起电话。
那些抱怨
会铺天盖地
扑过来。
那个处境不佳，
急需用钱的儿子。
和每日，
靠燕麦粥
糊口的女儿。

他们,
又都来信了。
信并未打开,
挤在一堆乱糟糟的手稿里。

少女艾米莉

少女艾米莉生病了。
只有等到夜深无人,她才会
去河边汲水。

她盯着宽广的河面,
试图骑上这匹黑马,赶往远方。
而河面总会漂来一些树叶,
光亮
和歌声。

少女艾米莉,像只小鹿,穿行在墓地
和教堂。
现在她正停下脚步
眼睛紧闭,让寂静保护她。

大雪之后

清晨。
透过明亮的玻璃是群山

和山上的雪。
松树一排排的,
岩石冷而静。
鸟待在细长的电线上。
一只飞走了,
然后一群也追随不见。
我记起去年的雪比今年大。
我们踩着积雪,
试图走到一个叫远的地方。

我为失去的东西感到悲伤（外一首）

◎落葵

马匹走了,马背上的哈萨克人
还没走,哈萨克人走了
呛人的土烟草味,还没走

最后,一切都走了
羊群已散走,鹰隼已飞走

只有浓烈的烧刀子,留在喉腔
只有弯弯曲曲的河流,浪花激荡的水声
留在胸口

吃完最后一口馕,舔去最后一颗皮牙子粒

就要说再见了

细细听着,发动机里发出的声音
像是我喉咙里发出的哽咽之声

乔尔玛烈士陵园

独山子通往库车的公路,群山乱石间
几头野骆驼,用它们的表情
为这种壮美,镶嵌着一道细幽的花边

到乔尔玛,汉白玉石筑成的纪念碑
吸纳太阳的反光,游人们被一种地核深处的
情感所慑,变得岑静
只有小小孩童,不谙世事
在蜂蝶穿梭的墓园,欢快地跳跃

倒伏的黑色墓碑,年轻的姓名
留在上面,风的发动机摆动着
野草的身躯,泥土里的血液
仿佛永不变质,借助深处的种子
从覆盖整片山地的灌木与草丛间
暗暗传递着
一种不被轻易察觉的香气

站在马路边的长颈鹿（外二首）

◎朱晓楠

路边的广告牌上
它驾着一团美好的白云而来
一双眼睛像极了人类

但它没有带来医治的神迹
一只白猫被疾驰的汽车碾轧而过
正在向着空气乱蹬四肢

它驾云而来让我想到"愚蠢"一词
与猿一同进化上百万年
只有一双忧伤的眼睛勉强像一个人

连最起码的语言都没有
只有一双像人的眼睛望着你
——仍然是一种柔弱的动物

站在马路边的长颈鹿
驾着一团美好的白云而来
呆呆地站在玻璃窗里的一张白纸上

加班歌

一个人在办公室加班
打印机会说话
即使它什么都不说
你也会觉得它在沉默

窗外枝头上的鸟
怎么听都像在自言自语
一个人独自说了一会儿
便消失在周末的空气里

一个人坐在周末的办公室
就像坐在另一个世界
就像坐在寂静的多年以后
其他人都已不在

上弦月

用一双尘世的眼睛去看
那看不见的部分，是缺失
一种遗憾。像生活中的
一声叹息

但上帝的意思是即使闭着眼睛

内心也有一轮明月
那明亮的部分，与那看不见的
构成一个圆。像一种期待。

幸存者（外一首）

◎徐小爱克斯

因为种种因缘
我们来到了这个世界
因为一些事情还没有了断
我们成为幸存者
我们一次次黔驴技穷
又绝处逢生
终有一天我们大彻大悟
相见不再恨晚
离别如同瓜熟蒂落

临王羲之《兰亭序》

二十年前
临写王羲之《兰亭序》
除了字
我还喜欢文中的茂林修竹
喜欢映带诗人左右的清流激湍、流觞曲水

喜欢"群贤毕至,少长咸集"的热闹
而此刻当我
临帖到十五行时
忽生无限感慨
"……怏然自足,不知老之将至"
是日也
天朗气清,惠风和畅

空巢(外一首)

◎南音

鸟儿们悉数飞往南方。
秋风也卸走了最后一片枯叶。

它裸露出来时,仿佛是黑色的枝丫
举起的最后一朵花。

在乡村的公路上
我见到的空巢,更多一些。

夕光中,他们在背后注视着愈走愈远
愈来愈累的我,分明构成了
我中年后的另一种恐惧。

三日，或白玉兰

起初，它只是一盏灯。
突然闪现在春日的窗台。

第二日，一座雪山已经形成。
在我们的头顶，它庞大、并拥有
惊心动魄之美。

"时光如此之快，而美的事物
总让我们惊鸿一瞥，且盲目。"

以至于后来，我们不再诉说。
它在身后，一场必然的雪崩……

春日往昔（外二首）

◎宗树春

窗外，一只鸟儿轻柔地啁啾着——

春日的阳光，透过玻璃窗
斜铺在房间温暖、白色的墙壁上

微风,吹拂着柳枝——
这摆动的铁蒺藜,被燕子轻巧地略过

不可逆的力量正在生长

在制造美,在制造感受美的心
以及它的虚幻,和流逝

被复制,被带回无数的某一天:

走在路上,我被夕阳包围着,像冷灰
重新寻回了那火焰

雨

铁皮屋顶的"砰砰"声。路灯下,水泥地上
显现的深色水印,告诉我——
雨来了

我稀疏的头发,暂时将它阻挡了
我被暴晒的手臂,甚至感受不出来雨的凉意

我仍然低着头。我的心已经无法再拿出什么
去回应它

它将一点点带走我的温度?
——对生的渴望,对爱的不信任

不再奔跑，去寻找那短暂的屋檐
潮湿的衣服，将在水龙头下，变得更加潮湿

对不起，递给了你一具亟待清洗的
污浊的身体
对不起，给予我公平，被认可的失败的一生

挽　歌

风已经停了。隔着玻璃
寒雨仍然击打着黄栌深红的叶子

在地上，被车轮碾过的
还有我朽木般的，潮湿的心

一只被烘干内脏的甲壳虫？
一支遗忘了弓弦的箭矢！

因眼前的坦途，而忘却了身后的
泥淖；因远处的灯盏
而忘却了仍身处黑暗之中

哦，我的理性即将摧毁我
我的正确即将摧毁我！

过往不再将我挽留
平静的湖水，拒绝了石子的投入

"人生的意义在于什么?"
遗忘,以及对意义询问的终止

遥远的一天（外二首）

◎陆闵

往日的闪光逐个熄灭
一个多雨的人
用于收集纪念物的木盒长出了霉斑
日光谎言也是徒劳
拉开木盒的抽屉
不能惊醒长眠于其中的人
他们曾经妒恨
在此结成永世的伴侣
两个灵魂一同霉变时,我在大街上闻到了
久违而几乎就要错认的体香

献 诗

静谧的夜。窗外有鸟叫的幻影
一只夜莺叫成两只,并由此叫来更多

风在树叶上变成树叶的摇晃
摇晃中的月光,变成另一种碎裂的事物

我在她的怀中

将之称作我们之间甜蜜的回忆
正在地上闪烁着昔日之光
而她听到了：那只夜莺
只叫一声便已离去

是我回忆在那种叫声，回忆出
无数只夜莺落在她的身上

明月如白昼，照出了我们树冠形状的影子
我不知何时才能停止这一切

秋日清晨

偶有霞光燃烧可以使人停住
更多时，我忙于翻找
泥土中破灭的种子。坐在山坡上提问
往花盆里灌更多的水
未萌发的事物如果坚持沉默
在凉风乍起的清晨
落叶飘下，树冠将天空清扫
干净。而我想要云朵去了又来
就像我没有答案的问题，永远疑问着
如果这秋天一无所获
水阀生锈，也要注满空的花盆

以上选自公众号"3言贰拍"

陵水有记（外二首）

◎ 盘妙彬

海南一年无冬，早有所闻
见之万物蓬勃，处处皆是，时丁酉年岁寒
同日而言
琼海开始插秧
陵水水田禾苗已经绿油油
一时恍惚
时光之快，地理之美妙
这里一年三茬粮米丰足，这里也革命
这里山清水秀，这里也革命
这里山高林密，藏刀枪，一点不客气

风在拂袖之后

风在拂袖之后
加入到替美冲的竹林中去
摇曳，起伏，风在竹海上倾倒，倾诉
反复洗一件白衬衣

长着旭日爬上去的桅杆
一棵高高的橄榄树上
反复出现一条船，竹之风一晃一晃

反复每一天
泉水叮咚叮咚,隐于竹林搭一架梯子
它往上走
而不是向下
肯定是

风在拂袖之后
一双白净的手接走泉水,然后打开旧书,读了一页,否定
又读一页,否定

路　见

晒得黑黑的牧羊人骑着马
走在中亚的路上
他的衣服很久没有洗
他的羊从陡坡下来
白羊的毛一点不白,一场大雨不会到来

八月了,山上淌下的溪水冰凉
牧羊人不洗澡
他的白羊不洗澡

一天很漫长
山脚的一顶小毡房旁
他的女人升起炊烟
他的几个孩子等着长大

宁静的根须（外二首）

◎ 羽微微

大青叶，青蒿，荆芥，各 30 克
煮沸。摊凉。饮用和沐浴
可降温安神，伏心魔。
有根之物皆与大地相亲
皆不卑不亢。用枝干叶脉显现于世
但根须宁静，但血液清凉。

侧 柏

那一天，我不知道时间的速度如何
只知道我走在你的前面，像是更快一点

月光和灯光，一样在人间摇曳
留下或离去，影子一样的长

后来我的时间更快了一点
我的心跳得难受，摁住了胸膛

侧柏的叶子有股清香，像那天一样
侧柏的叶子那么绿，像那天一样

歌　唱

为什么歌唱？
因为时光从你我的身边流过
因为流动的声音
在潺潺作响
因为浪花溅起
湿了你我的脸庞
因为你的眼睛
就像星星那么明亮
为什么星星那么明亮？
因为萤火虫在歌唱
它们的翅膀带来了远处的风
因为你和我站在风中
我们在歌唱。

深渊（外二首）

◎灯灯

恕我冒昧，潘多拉的盒子
一人一只
穿山甲为了活命钻进更深的黑洞
考拉紧抱着大火中的树枝

不再相信救援的人类
蝙蝠迁移，蝗虫越境……

每一天，新闻图片里的求助声
每一天，真实和谎言的拼杀声
每一天，比钟表还慢的心跳声

这个春天，凝视深渊的人
也被深渊凝视

春雷响过，闪电如棒喝
冰雹砸出无数声音

有一种声音，我要让自己听见：
我，要来领罪。

水在茶壶里

水在茶壶里提醒我
要温情，温暖，要对世界
有温度
我在它越来越低的声音里，感受到
世事无常，世态炎凉
在更低的声音里，我听见它说：
我们就是世事
就是世态
整整一个晚上，雪在窗外下着

它在我的喉咙里辗转
一样力不从心,一样说不清
是什么
究竟,我们丢失的是什么。

北方,今夜雪深

寸草不生处,石头在生长
牛羊把头
埋在雪的深处

犹如,牧羊人不知今夜雪深
犹如,今夜雪深

牧羊人深深熟知

犹如,我们是草,石头,牛羊……
我们牧羊人一般
不知为什么
不问为什么

我们只是,等待雪再一次落下来
……把头深埋在膝盖。

月亮的提醒（外一首）

◎杨勇

当我穿过丛林斑驳的树影
世界豁然开朗
我抬头，看到了月亮——
那儿，一枚成熟的秋果
熊熊燃烧，并把光洒在我身上
我闻到了果肉的清香……

风从空中降落
带来月亮的祈祷
你听，洁白的流水声——
月亮在云丛中忘情歌唱
而星星不离不弃

我们并肩走过半山的凉亭
道路两旁的树木相互吸引
制造了一个教堂的拱顶
我们穿过这些恋爱中的事物
轻轻叹气或者闭着眼睛
幸福像雨水一样
隔一段时日就会来临

明月当空照，它去过哪里？

这不为人所知的部分让它消瘦
这无法触摸的部分使人向往——
另一个未知的世界确实存在
你看,人间的屋檐装不下茫茫月光——
仿如钟声浩荡,仿如一记重重的耳光

独角兽

我没有看它那一身
斑斓的花纹
没有关注那闪闪发光的四蹄
吸引我的是它的独角
另一处的空白
那是真正值得重视的领域
一个不为人所知的世界
真实存在

去往山顶的路上
独角兽立于树丛之中
它头上的空白被灰色的雾笼罩
我能听见它嘶哑的喉咙里
喷涌的一声喊,第一次
我懂得了它深深的爱

来自另一个未知世界的呜咽
惊动了独角兽
因为未知,它慌不择路

即使慌不择路
它的姿势依然
保持着优雅

它撞向绿色的丛林
推开了自然之门

春天的四明山（外一首）

◎颜梅玖

我们站在春天的山顶，向山坳眺望
在浓密的树丛间
是一大片一大片洁白的樱花
山林间静悄悄的
李树还在孕育
在甜美的空气里
洁白的樱花照亮了我们的心
它们像一群群云朵
有的飘落在山坳
有的独自停在最险峻的山峰
有的弯下腰身——
把花枝送向山涧
每一朵樱花都开成我们喜欢的样子
在料峭的三月
樱花更新了灰败的人间

我想起几年前的一天
我们也去看樱花
那时候樱花正在飘落
像多年前下过的一场雪
有些落在我身上,有些落在你身上
风恰好从我们中间穿过
我们都闻到了美好的香气

落花落

黄昏时,我发现满园的香气
凋零了。玉兰
只剩下了一只绣花鞋
接着是大岛樱、紫荆、木棉和泡桐
花叶生生两不见
我心疼这些妙龄女孩
我的额头,指尖上
还留有她们昨天的体香
我喜欢她们的羞怯、明快
喜欢她们性感,安静
不发出一点声音
她们本应该穿缎袄
坐花轿,被民间的绿迎娶
这些未出嫁的江南女孩
不应只是春天的修辞
不应只是一场纷纷扬扬的大雪
她们理应长成男子们的美妇人

三月之末
这些丰腴的少女
终从青春的枝条上跳下来
在大地的墓床上,渐渐虚弱

酒馆(外一首)

◎吴素贞

酒馆小院的墙角,三角梅爬出妖娆的姿势
一朵朵花,正透着酒后的酡红

我们刚到这里,细胞便透出猛虎般的细嗅
原来,每个人的身体都藏着一只兽
每只兽都会在特定的地方苏醒

我爱这里
酒瓶咔嚓,像壁钟吃掉时间的声音
我爱这里
酒杯叮当
像你叫我三角梅,猛虎,时间,壁钟

也许只有这么多的称呼,才符合
这里的温度;只有这么多的语言才让我蹦出
虎一样的温柔

像清晨刚刚醒来,三角梅爬出妖娆的姿势
像壁钟吃掉时间,我们慢慢生出的温柔

向　晚

回忆是一道闪电。躺在车里看天
云层用了太多的力,急光穿过的时候
它碎成雨滴,呼叫在天窗急响,跳荡
那么多的声音,顺流的水太用力
以致呜咽不像悲伤
一些旧事也只能模糊,更模糊

我爱家里的吊兰,常用剪刀替它用力
利器里的闪电深入泥土
令它繁衍过快,最后又将它都送给了他人
谁也曾用力,用闪电爱过他人
巨大的天幕如涌,电光恍如骏马
云雨只为决绝而用力

物（外一首）

◎米心

它们是甜的,阳光、麻雀、说话声
陪我穿过院子的两棵

芒果树，寂静的阴影栖落。蓝天是砂糖
云是奶油，底下的小孩是一块乳酪
蚂蚁的触角经过那些野草的甜味

田野安静得仿佛上帝在度假
上帝，是一支巨大的雪茄
一两只蚱蜢走过麦地的声音，仿佛麦穗是夏威夷
一些卷心菜、西蓝花、小葱仿佛在巴厘岛
戴太阳眼镜，与涂防晒油

还有一些豆大的露水翻身的声音，一些
遮盖神灵的咳嗽声。

祖母与老汤姆收回彼此的羊
他们因为彼此的衰老而产生好奇

夜里，他们愉快的步伐声
定是很干净的。

我不去爱

我不去爱，让碗替我去爱筷子
让食物替我去爱我的胃，让言语替我爱
嘴唇。让下午的阳光去爱
庭院的麻雀，让影子爱着裂痕

让荒凉爱着田野、那条整日泪流满面的小河

让蔬菜爱着稻草人、农药、家暴现场
让乡村爱着农民,爱着他拔过稗草与稻草的双手
让锄头爱着泥石流、沟壑、饥荒

让自闭症爱着局部的雨
爱着辗转反侧的月亮。

你爱着一个女人的青菜与大豆。
你爱着短暂的男人与温和的感冒。

以上选自公众号"诗国星空"

我是我自己的反方向（外一首）

◎ 梁平

我是我自己的反方向，
所以面对你就是一个问题。
你的名字和根底，你的小道具，
比熟悉的我自己，更明了。
你是不是你不重要，
你在和不在也不重要。
镜子面前我看不见自己，
别人的眼睛里我看不见自己，
我是我自己的错觉。
跟自己一天比一天多了隔阂，
跟自己一次又一次发生冲突。
我需要从另一个方向，
找回自己，比如不省人事的酒醉，
比如伸手不见五指的暗夜。
只有自己跟自己过不去，
才不会有事无事责怪别人，
所谓胸怀，就是放得下鲜花，
拿得起满世界的荆棘。

盲　点

面对万紫千红，
找不到我的那款颜色。
身份很多，只留下一张身份证。
阅人无数，有瓜葛没瓜葛，
男人女人或者不男不女的人，
只能读一个脸谱。
我对自己的盲点不以为耻，
是非、曲直与黑白面前，
我行我素，不裁判。
我知道自己还藏有一颗子弹，
担心哪天子弹出膛，伤及无辜。
所以我对盲点精心呵护，
眼不见为净，清洁自己。
我把盲点绣成一朵花，人见人爱，
让世间所有的子弹生锈，
成为哑子。

描述一种孤独（外一首）

◎横行胭脂

那么多时候，月亮缺席

春天是焦虑的石头献给内心倾斜的坡度
那么多时候，大风停顿在原野
在他身边，空气里带着暮色席卷的叹息
深蓝的山谷，灰白的鹳鸟俯视着连绵的烟霭
板栗树在山上打开枝杈
构树树叶形成星光和雨水的斜面
泾河上，挖沙船带走了沙子，也带走了河流的时间
黄昏的水汽弥漫至岸边
水鸟点开翅膀，尖利的喉咙冲破水雾
旧日子带去了对岸挥手的人
送别者亦已离开，两岸空空
淘沙的机器废弃在荒草中
和我对饮的是一只乌鸦

秋天的言说

属于秋天的部分到来了
树木拥塞着秋日的气息
云朵在秦岭变换秋意
有些冷的格调会随着几场雨降下来

风口的太阳在荒草中旋转
父亲家门前
一群鸟筹划着离开北方
父亲的背压得更低了
卷烟带着冷的火星，一闪一灭

锯木工手里的锯子还在
无限疼痛的锯齿还在
疼痛在脊背、在踝关节、在腿、在心脏
烛火摇曳昏暗的脸

晚祷的钟声让一座北方之城寂然
不能言说的词语如同落叶
那孑然的苍凉
让血液接受并热爱

空白人间（外一首）

◎叶秀彬

日子平滑如玻璃，感觉陡生寒意
兴奋的歌声转动舞姿
映衬落叶的飘零
我不敢清理自己
体内仍有阴影掀起巨浪
提示生活会留下硬伤

坐在平静的日子回忆旧事物
有时也有芬芳在流淌
擦去的眼泪盛开苍老的笑容

那么多人还在饮酒

醉意把远处的呻吟覆盖
不知不觉的冬季
如无声的雪落满空白人间

空 影

从这儿到那儿，从这个房间
到那个房间
都是一个人走动的脚步
天色很暗，暗得只看得见
人影。使劲睁开眼
时间已经过去许多年

往事如风，如刀剑
吹来的都是血啊
谁在对着落日冥想
一只倦鸟从树林惊飞
暮色四合。敲响门的
一定是
来自旧日的故人

目标是美的痛苦也美（外一首）

◎师力斌

车开向一朵花的行程是美的
曲折也美，拐弯也美
碰撞产生空前的勇气

闪电时改变自己的犹豫
果敢起来，去追求擎天的热烈
像一列满载乌云的列车

下午你在广渠路飞驰
脑子里闪过春晖，那枝美妙的躯体
牢牢绽放在辽阔的天际

熊走在冰天雪地也是美的
冬天也美，山河也美
僵硬的冰川学会了绵绵起伏

学会千疮百孔地生活

虫子咬了你很多漏洞
叶子仍肥美

捏一把树干
除了皱纹都是肌肉

学会千疮百孔地生活
只要木质还硬

你把暗箭当作玫瑰之刺
转换成自身的肉体

给（外二首）

◎杨献平

没有什么确定的，我只是听从
海棠与雾霾之间的联系
鸟雀和灰尘调情。也没有什么指望的
我只是看着：一个人怎么样走过来
用一阵香味将灵魂唤醒。一个人又怎么走过去
被一个雄性的美梦收入囊中
更没有什么期望的，我只是等
树枝上的蚂蚁，不可能的池塘和蝴蝶
如此般配，但又绝非天性
没有什么可想象的，我想告诉自己的余生
一滴水中的安度，一种爱里的世俗
也不拒绝疼痛，保持对人间的恩情

元宵节有感

再好的事情,也不过海棠盛开之后
还没有蜜蜂时候的安静。青草寡居久了
和灰尘生产连体婴
渐次入夜的华灯,他们在燃放
礼花葱茏。而最灿烂的爱情,都在黑夜结束和发生
车多人少的大街
多么寂静啊,像热闹霎时间被沉默惊醒
而黎明毁灭的,不仅幻想
还有烟火、天堂、水边的泥沙
两岸的咳嗽声,早春的成都充满情欲和虫鸣

最近的,最远的

最近的,可否一句话
解决火焰的衣角。给我一种灼疼
最远的,或许最好
可惜她并不知道。我所爱的
不过你怀中的半壁江山

又是雾天,茶水正在变浓
坐在往事面前,却总是想起昨天
杯子边缘的唇痕
有点暗红。是该一遍遍洗掉

还是被时间收割？人生太多的举棋不定
仓皇的情意，宛如北风暴动

该放下了！喝下这已经变凉的世事
我仍旧感觉欣喜，为这一场
没来由的犹豫，实际上是精神困顿
亦类似身心交界处，一次冰裂般的疲惫

春天（外一首）

◎桑眉

园艺工人在某个清晨
将树木集体削首
手法拙劣
凌乱叶片残存凌乱爪印和吻痕
残存枝丫有生不如死的愤恨
之后每个清晨
那个临窗眺望的人
都将在寻找中度过
——避开近处的切割机、远处的塔吊……
用一轮快要被岁月的密集拳头击破的
中年之耳——
追踪那些戛然屏息、惊惶远遁的啾鸣
——那些啾鸣
熟悉却不可破译

与 2020 春天的气质极其近似

"存在即合理"

总是有用途的
我们钉在红布包裹的椅子上的
是镜子，一面、两面
带小抽屉

有人穿越雅间走廊互访
围圆桌打旋
脸颊生成梨涡
有人攀着高枝告白
忘了彼此不过初次见面

当他们举杯相邀
或唱罢一曲西洋高腔
或误伤女同事优美发髻
（她的手为何轻抚额角？）
你大可行使社交辞令
"嗯""啊""好""祝"……
甚至跟随掌声鼓掌

还应适时交换眼神
像一面镜子安抚另一面镜子
抽屉会装好它们腥咸的海水
落地窗帘和吊灯会遮掩寒夜黯淡的神色

总是有用途的
"存在即合理"
欢娱一秒便旧
犹可供明晨莞尔回忆

空间（外二首）

◎李昌鹏

每个人都有一个内室，小小的身体
跪诉他的忧伤
半夜他穿着拖鞋走出王府井
璀璨夜空中，他和楼群相互察看
他在天上，他在天空发现无数空间
他突然看见
脚下的路像一根血管
他把自己的心脏握在右手掌心

火　炬

他身上粘着尘世的蛛网，夜霜
染白他眉睫。规则破坏者
夜行人，吃掉手上被照亮的道途
及火炬，在自己躯壳内守电梯

就像他不开心时,在冬天品尝冰淇淋
带着七上八下忐忑的心
以一种能被理解的自虐取悦自己

花　盆

辣椒苗站在拳头大的花盆内
举着三四个欲裂开的白色花苞

我始终不信这就是辣椒苗
如果它能长出三四个辣椒便会更像

我端详着这只漂亮的小花盆
它让我或辣椒苗,认识到某种局限

可能某一天,我胸口会遭受锤击
火红的朝天椒将灼痛我的双眼

走在山城步道（外二首）

◎金铃子

鸟声从树冠上发出。飘飞的白羽毛
轻盈。安静。犹疑
落叶旋转在新的石墙、石梯

油漆一新的世界，一切都是新的
只有黄葛树是旧的
它们奋力抓紧的石崖和我这个路人
是旧的

一想到这，我就太难了
我就知道自己是一个生锈的人
不配走在这全新的街道
我怯怯地走，生怕踩着一只蚂蚁

我知道，它也是新的

大礼堂古玩市场

这个城市，我去得最勤的地方
这里的二楼，有我需要的毛笔、宣纸、墨汁、颜料
需要一个笔架，把我悬挂起来
与它们称兄道弟，却相去颇远

需要一个身披宣纸的爱人
这纸上的岁月，这薄情的世界
方便我写深情文章

路过中法学校

路过中法学校，路过我的爷爷

他求学的地方。翩翩少年,黑色的发丝
他的右手握过弹丸和狼毫
课桌上应该有无数细小不平的刀痕
战火纷飞中,应该有他面对嘉陵江的
一声呐喊和垂泪
应该有鲁莽的爱情
应该有川东男儿的血性:你有本事,放马过来

为什么他给我的记忆是挣扎
是一把骨头佝偻着腰
头顶高高的白纸帽,飘带自肩垂下

以上选自公众号"他们叫我横姑娘"

鸟声（外二首）

◎二胡

遇见一大片山林
遇见一大群鸟：鸟声四溅，每一片树叶都在抖动

最后，所有的鸟声都钻进我的耳朵
我成了另一只鸟，下山时一路耳鸣

芒种日

我已多年不种庄稼
但我能说出豇豆和月亮菜谁的气息更芬芳一些

一株野蒿以麦子的姿态，在三楼平台墙缝里生长
此刻，小南风用同样的手感抚摸它
正如我用同一种符号，赞赏小学生作文里的一个好句

我要保留这株野蒿
芒种日，我比平时多一份怀柔

它的青涩，让我看见故乡无边的麦浪和其中一株
热爱庄稼的野草

那些羊

每天午前带它们上山吃青草,喝涧水
眼睁睁看它们把好时光过得潦潦草草

要精心选择最好的草,要鲜嫩无比
涧水要纯洁,不含杂质,不含夜间蛇虫爬过的痕迹
照亮它们的太阳要精神百倍,也要经过夜露清洗

跟它们说话要细声细气,有青草一样的心
眼神要像母亲。我的羊呀

木偶戏(外一首)

◎迟顿

情无所寄时
就从古老的唱词里挖出几个人来
消遣
往事从来就是一笔糊涂的旧账
替木偶发声的人
木偶也替他们自圆其说
两不相见的
是牵线和看戏的人

他们中间隔着一道不可逾越的屏障
历史是何等惊人的相似
一块遮羞布横亘在古老的唱腔与现世之间
满含隐喻
从不说透

牧羊人

无视一座山的博学
就是无视一群羊的满腹经纶
就是无视一个牧羊人的辽阔内心
立冬以后
漫长的天寒地冻
使得每个日子都捉襟见肘
牧羊人和他的羊
一边靠在村外的草坡上晒太阳
一边思忖今年冬季怎么个过法
人抽旱烟，羊吃干草
两张不停翕动的嘴
同时反刍着他们各自的命运

春分（外一首）

◎于海棠

碎米荠菜开在寂静的塘岸
紫叶李和海棠在
鸟鸣里长出忧郁的花苞
土地开始暄软，每只脚
都给大地踩下深深的脚印
柳枝垂落的鹅黄里，心跳和呼吸
带着毛茸茸的欲望
阳光把光线均匀地分给万物
隐藏给予呈现
如果你提着绿色的裙摆
在地米菜和蔷薇前停下脚步
在盛大的杏花
和赴死的桃花前落下泪水
亲爱的人
请收回你的白天和黑夜
如果你此时弯腰，流水会理解悲伤
如果你此时仰望，空旷的蓝会宽恕泪水

秋日慢

窗外迢递热烈的鸟鸣

阳光在秋海棠上排列柔软的棉絮
没有哪一天,像十月的这一天
野鸽子呼啦啦翔集在天空
苦楝树笔直的余香充溢着大地
整束的蔷薇果簇拥在木栅上,仿佛每一次
的经过,花香认真地摇晃。此时
我整理书桌,贻误时光
画半壁江山
吊兰开始放慢呼吸,存在显得轻慢
有一刻,我以为这慢会趋于静止
我在这种静止中,体会清新温良的深爱
就像你在我对面沉溺,辗转
默不作声
仿佛深秋满怀秘密,不能声张。

在易县（外一首）

◎西卢

远远打量荆轲塔的时候
我知道我来晚了
我的身体里
早已磨没了年少时的悲壮和凛然
这半生我抽烟喝酒穷困潦倒
几乎一无是处
甚至有时就像燕都古城里瞌睡的小贩

连孤独都是颓废的
站在易水河畔
我亦没有了临渊羡鱼的向往
只是倚着一棵老树看一位垂钓的老人
确切地说
是看着他在夕阳里,极其平静地
把钓上来的鱼
一条一条
又放回到蜿蜒曲折的
易水河里

自 在

大雨过境,蚁穴不知所踪
曾经那些忙碌的影子,荡然消失

几日后,看见草地里又有了新的蚁群
在另外一条曲径
虔诚地奔跑
仿佛他们不生不灭,从无苦厄

我也见过许多鸟群,马群,鱼群
更多的人群
他们向着不同的方向奔跑

向着不同的方向奔跑,都在回去的路上

梅花树下（外一首）

◎范小雅

红色的梅花落了之后
绿色的叶子长满枝头
季节滑向暮春
梅园已辨不出是梅园
一个老人坐在树下打盹
她的白头发睡着了
她的红外套睡着了
她臃肿的身躯，整个儿地睡着了
下午时分
树丛间漏下的光影
正好披洒在她苍老的睡眠上
绿色的叶子们在头顶浮动
潮水一样涌过老人的梦中

终其一生

在身体这个容器里
灵魂左冲右撞，寻找着出口
——疼痛挣扎时，她嘤嘤哭泣
——沉默无言时，她平静喜悦

终其一生,一个灵魂在期待
另一个灵魂从空中传来温柔的呼唤
而显然,这是妄想
孤独,是每个灵魂的宿命

像那一个,将近年过半百
还怀着虚幻的梦,怀着美丽的泡沫
她一边唾弃,一边怜悯
一边拒绝,一边拥抱……

花事(外一首)

◎云垛垛

蓝花楹与五月雪
只于五月开花——
每次经过时,我都会习惯望向树梢

让那种开花的味道
充盈自己的触觉
甚至期待它把自己染成雪白或湛蓝

你俯下的身子
似乎朝一种不能企及的美鞠躬

而你拾起完整的一朵

又放回原处

它其实不在我手上
也不在别处

只是一种欲罢不能的
——焦渴

终　于

一个器皿终于
拒绝了碎裂的愿望

一个人终于
用二十年的时间返回故乡

一双沾满
尖叫与痛苦的灰尘的鞋子
终于脱下，晒在阳光底下

篱笆墙上的白茉莉
也让它积攒了
满满的变香的欲望

以上选自公众号"六瓣花语"

北纬 29°36′（外一首）

◎嘎代才让

偏爱高处。那是在冬天，刚从诊所出来
去隔壁茶馆喝茶，风吹进来

喝了一下午的甜茶，可以让我品尝得更久
我也将此刻的寂静与祈祷保留下来

喝一杯停下来，细碎的声音，感动着整个房间
没料到一尊佛潸然泪下，试图说话

外头愈加冰冷，我已不能静下来
是不是有种爱过于深沉，积累得太久了

垃圾分类

佛辨识人，牛羊辨识草
眼睛辨识心脏

冻僵的手辨识火
皇帝辨识太监

云辨识雨

爱辨识美

黑暗辨识肮脏,牛顿辨识
万有引力

我辨识,一册经卷

柳笛（外一首）

◎刚杰·索木东

剪一段最先苏醒的枝条
截皮,轻轻分离出洁白的骨头
制成一管柳笛,就能
把整个春天,吹得响亮

多年以后,会做柳笛的人
早已长眠于地下
这个三月,一遍又一遍
被尖锐的笛声惊醒

山　野

四月的风就这么吹着
病毒依旧在人间肆虐

你说春天来了,花也就开了
封闭的门也将次第打开
背着行囊的孩子,来自四面八方
唯愿,所有的生命都能安然无恙

"说下的话,就是钉下的钉!"
那么多的词语却已锈迹斑斑
经历了漫长的冬季之后
我们都需要,一束光
重新擦拭,冰冷的脊背

客居远山的兄弟摘来新鲜的野菜
就摘下了大地所有的生机
乍暖还寒的季节,我们要对
众声喧哗,心存警惕

打开窗户

◎阿顿·华多太

你打开窗户,再关一下
星光葳蕤,你把一捆清风
留在屋内,时间是一块铜
今天由佛像,变为箭镞
那个年代,被空气恶搞
所有的鸟选择了逆飞

大地孵化着腐败的鹅卵石
恶臭数万年的泥淖
吹起旗帜，和铜一起飘扬
这不能归咎于风，一座高山的堕落
必将低于深沟
三个告密者涉过的泉水
必将在石缝里枯竭
泡在酸水里的皮革，已被挂在吊钩上
悬垂于天空的那枚金币
送走了多少生命，还挂在天空
你弄脏在唐朝的时间
还残留在你用过的帽子上
你做过的一些好事
和一大堆坏事大都在那里
还能嗅到一部分腥味
你打开窗户，再关一下
一只无头鸟升空，众鸟随之雀起

曼 扎

◎康若文琴

觉姆坐进大殿角落
左肩太阳高悬，右臂月亮低垂
背后生出土墙

她仔细用净水擦拭出发的路
一帧帧回放一生，只用了四个定格
就走到了生命的最高处
然后，顷刻坍塌

她在左边诵经
青稞染绿河风，万物生，村庄躁动
她说，大雪是留给万物的被子
海子是留给大地的眼泪

她一遍遍演绎不同的一生
同样的开始，同样的结局
隔着尘埃，在右边，我风尘仆仆

曼扎内，一半装火焰，一半装海水
都来自远古
她假设没有真正的死亡
出生只是一次次出发
每一轮回，她都放下些许尘埃
一点，一点点
然后，她大步走进尘埃

以上选自公众号"藏人文化网"

还乡路上（外一首）

◎陆岸

进山林，只见荒芜，何来猛虎？
入庙堂，最多香客，放生也不见慈悲
一路上，我爱的流水那么欢畅

我也往东来，越来越靠近了
那熟悉的属于窗外的梦境
风从熙攘的大街上打探消息

而我只是一个路人
我忽然在道旁流泪
我看见了这些庞大的灰尘

摸鱼儿

这是一个夏日的黄昏
浸透了金色树梢的
满地夕阳。正伴着蝉声

亲爱的，晚风里握着半个天空的香气
斜坡握着一大束木槿花的香气
我的手正握着另一只手的香气

那时，我们行走在垄上
满田野刚刚洗过
满田野湿漉漉的羽毛

满田野的黄昏
纷纷落进了一条无名河里
亲爱的，我们摸鱼儿

河水如此急促而光滑

只有你的小脚丫
仿佛雪白的小鱼儿
只有你的小脚丫轻轻踩在
一个人的脚背

灯笼病（外二首）

◎淳本

你们砌的神台已经塌了
找不到合适的人与我谈天气
夜幕下，村庄变成一团墨水
城市里，一直想成为星星的孩子哭了一个晚上

我们总是一边怀抱纯真

一边吞下成年的词汇
我们最初是通体明亮
现在长出了刺青
和泡沫

纸总是包不住火的,你看
它们都在往上游走
通过喉咙,舌头,牙缝
吐出恶灵的信子

天啦,那些不可回头的利箭
全都来自于我,和我们。

大　象

我摸到它时
它是一根柱子
我却以为是整个世界
就像我常常把稻草,当作一整个秋天
来对待
一听到秋风吹过,我就以为
那是所有最后的日子
我静心等待,却打扰了神龛上的佛祖
罪过,罪过
我低头,认下所有罪状。
也希望像一棵樱桃
春天开花,春天结果

不用等太多时日
就可以过完一生
我有时惶惑，有时放弃挣扎
也想选择席地而坐
坐下的时候，才有时间想起
为了诗歌将要瞎掉的右眼。

等你等了那么久了

九月翻了个身，天气就凉了
一只蟋蟀钻入床底
找出御寒的冬衣。
我关上门窗，防止目光投向尚未凉透的旷野
屋外那棵芭蕉树
还站在那里，矫情的样子，会让人想起很多艳词
而我，唯一的办法

就是让它瘦下去，像一首古诗。

致富陷阱（外一首）

◎缎轻轻

这些日子，掉进了致富的陷阱，就像人们
执着于爱而糟蹋着爱

为毁灭婚姻而进入婚姻
金钱也是

每一天,咀嚼世间的甘甜和污物
她有时调皮地眨着眼睛,而他始终都周旋在商业中
谈何商机,还不是人心?

关于两人重逢,欲望绕着她中年却还饱满的脸颊
而他仿佛丝毫不明白别人想要什么
他们用手臂挡住自己的脸,道琼斯指数
攀爬得倦躁,窗帘猩红,床单雪白

合 适

丈夫是合适的,柏油路上走动的男人们
总有一个是合适的
一起铺开床单,洗刷厨房的砧板
把地板擦得锃亮
现实的瓶口是合适的,在一个家庭里
寂静是合适的,龙头滴着水
一具身体,变成怀胎的两具
后来,儿子是合适的
他藏在蓝色帐篷里,叫嚷着把积木推翻
让她的睡眠总是合适地迟到十分钟
"多合适"她每天都自言自语
站在露台上倚着烂木椅子
把湿衣服晾在风的咸味里

我将（外一首）

◎卢艳艳

春天来了。我将遵从善意人的叮嘱
带上慵懒和哈欠
去看看衔绿的柳条，随风摇曳
像意志薄弱的腰肢
左右逢源
却仍走不出方寸之地
我将抄近绕远，离开人群
蹲在僻静的湖边
看三只野鸭凫水嬉戏
不停啄理彼此丝绸般闪耀的羽毛
我将经过拱桥
看一只小船从脚底如光阴驶过
那轻盈和畅游，早就与我背道而驰
但还有零星的清澈让我看到
水中的倒影变形，模糊
——我将屈服于它的肤浅
只偶尔打个照面，仿佛是
彼此试探虚无的一对孪生子

春　秋

春雨敲打新叶。勾起你
一些本该在秋天想到的事

风里残留的萧飒，一边开
一边，簌簌落下的花

辽阔大地和体内的温床
秋天铺陈落叶，春天收集花朵

白玉兰谢了，紫叶李接着开
你将目光从高高的枝头收回

落在黄昏的餐桌——
春天的菜心，秋天的果实

在盘子里短暂亮相后，消失不见
那被你踩在脚下的事物

下一季可能覆盖你
曾经充满你的，最后掏空你

月光辞（外一首）

◎吴振

一万只萤火虫连成片
走过秋的原野
白鹭带着善意归来，往事清晰

一条鱼要在梦境里走多远
才能找回一路丢失的鳞
天空有云，能看见人间

月光很大，我却畏惧
那么深的夜
在一条河流里看到自己的脸

在盈江

我走向你时，鹰在半路已经打过招呼
白云像抚慰孩子般抚慰我
睡去或醒来。天都很蓝

平原镇没有广阔的平原，风和人一样慢
我向低垂的稻子致意，想留下
又怕露出伤人的刀

去看望大盈江，犀鸟躲进芦苇荡
不愿相见，它们怕我伤心
靠在大石碑上，我想念已经丢失的翅膀

没有人去关心水电站和浮莲，萤火虫的秋天
有多少光明，就有多少思念
我带不走

篝火（外一首）

◎崔岩

点燃篝火，并不能与一片星空
相映照——那太庞大了、太旷远了
稳固又恒久。篝火因其渺小而动摇
又仿佛，因为不确定性而急切。

同样具有不确定性的
还有杯中的酒液。它让点燃篝火
这件事变得纯粹起来：照亮几片
围坐于篝火的青黄叶子。

使它们，在不确定的暮色里
在不确定是否会被过火的温度里
相互眺望，并终于发现：被映红了的

对方的脸上，长着一张，自己的脸。

茶　渍

茶渣倾倒，残茶滗去
洁白茶托上留一道红褐色茶渍

一滴茶汁曾兴奋于逃脱并朝四面溢流
后继乏力，不得不选择克制

现在，它是一道放射状的茶渍
边缘平滑，证实，风干之前仍欲奔逃

用清水濯洗，用手指擦去。红褐色的
那一抹小冲动、小脱逃，像是从未发生

折射辞（外一首）

◎田字格

忘不了那时候
一家人站在老家的天井里
父亲从井里打水，打捞冰凉的
年糕，切成一片片递给母亲
母亲说水开了就下锅，再撒些醪糟

妹妹坐在小板凳上吃果冻，我将
一些面团捏成动物状，扔进锅里
小小的透明物悬浮，或翻滚
忙完了，父亲去洗冷水澡
围墙和房子围起来的空间，四处是
飞扬的水珠——阳光下，成了五彩的珠子
他说，这就叫"折射"。哦，这就叫"折射"
四下里，阳光制造的树影
在新刷过的围墙上粉擦般划过

小满辞：寄徐菊

坐上大巴，我们去另一个城市
静静坐着就让人欢喜。未说的话
如成排桦树般低低地掠过
窗外的电线杆已不再落满麻雀
远空在蓄积一场来自天国的雨水
（想起多年前，你为我拭泪
我为你擦掉眼镜上的雾气）
鸢尾花在江堤上开，能收割它们的
唯有你"谜一样的眼睛"
车子在五月的荒凉中加速
挨着你，速度是多余的

以上选自公众号"一见之地"

活着或者死去（外一首）

◎黄沙子

因为地狱的通道太窄
只有最虚弱的灵魂能够穿过
而天堂不知道在什么位置
死去的人和活着的人混在一起

很多时候活着的人身上
背着好几个死去的人
有时候一个死去的人
身上挂着好大一串活着的人

在这日益拥挤的世界
活着或者死去早已不足为奇
那么多活着的死人和死去的活人
每隔一段时间就互相交换身体

那些不屈的灵魂还在游荡
到处寻找重新活过来的可能
而活着孤单的人，死时无人问津
只有他们穿过通道去往地狱

比　赛

道路越来越泥泞，穿着胶鞋的脚
不停地打滑，我们需要奋力拔出一只
靠另外一只脚支撑着才能前行
但我们很快活，因为这场春天的
大雨持续了很长时间终于停住
我跟孩子们比赛谁走得更快
看谁能够更早到达墓地
已经有蜜蜂从树林飞到油菜花田
它们也像我们一样迫不及待
想要在空气中占据更多的领土
还有一头水牛无人看顾，自由站在远处
我带来祭奠的黄纸有些掉落到路上
很快被打湿后再不能使用
索性留下它们以至于看上去
像是有意这样用来给回程一个指引
孩子们终于赶在我前面赢得胜利
他们欢呼着开始追逐草丛里的昆虫
我注意到墓地周围模糊的足迹
它像一道伤痕应该是我去年留下的

稻花（外一首）

◎ 胡晓光

谷子就是水稻
谷子就是水稻结的果子
这些果实成熟了
就成为金色的谷子
你仔细端详一下
她们就像一尊尊金色的菩萨
而她们也是从一朵朵花来的
这些花叫稻花
稻花是极细小的花
细小到人们忽视了它
而稻花其实是这世间最美的花
因为
她们几乎不像花

扫　帚

看见环卫工人手中的扫帚
想起故乡山中的毛竹
它们就是毛竹的枝丫所制作
或许它们就来自毛铺山中
它们也是我的老乡

扫了那么长的街
我看见
那些竹叶还紧紧地抓住竹枝不放

深秋的云朵像棉花（外一首）

◎理坤

今天我已无处可去
也没有哪块土地属于自己
在公园的板凳上
我把自己裸露给天空
这个时候太安静了
几近虚无，天高而蔚蓝
有一些云朵点缀其上
是静止的，它开花的样子
也不让人瞧见，此刻
我没谁可想，我只想母亲
想在老家拥有一块土地
想和她一起种着棉花
并让棉花开满故乡的天空
还有深秋，荒原上
那些不肯白头的事物

烫 发

一个中年妇女推着轮椅进来
上面坐着老太太，佝偻着
已经，很老很旧的样子
像暮冬树梢仅剩的一片枯叶
女儿说，给妈妈烫个发吧
老太太说，随便剪下算啦
这大年龄，不要花冤枉钱
没事，妈妈，烫下好看
你年轻时不最爱美吗
我从镜子里注意到老太太
呆滞的眼睛忽然亮了一下
干枯的脸上居然有一丝
细微的不易察觉的羞色
短暂到好像什么都没有发生

默契（外一首）

◎龙鸣

见到一棵树
首先喊他的名字。我们中间，隔着两片嘴唇那么远的

沉默
站在树下，我干脆叫他"沉默"
这时会有几片

树叶，顺着风，落在我的脚背上
譬如我牵出一头牛
他喝水

吃草，把犁拉得欢快
与我保持一条尾巴的距离
有时我喊"大黄"，一条狗的名字
他会从老远跑过来
朝我张望

摇尾巴
嘴里呜呜呜，像唤我的昵称
并把骨头上最柔软的部分让给我

纯　真

她落在阳台上。

羽毛上
栖落的阳光也是单纯的。比地板上

几颗米粒还单纯
她迈动碎步，仰头

看我
这让一个满腹心机的人，立刻获得了一种

纯真
来不及报以一声诚恳的鸟鸣
也许，她只是想与一个纯真的人
交换翅膀，飞翔，繁衍。

抑或什么都不是
迈着碎步的女人，与我对视的女人
她的纯真，羞于示人

镜子（外一首）

◎廖江泉

你在镜子里，认识了自己
在凹凸镜、哈哈镜、多棱镜那里
你认识了，另一个自己
在安静下来的水那里，你甚至曾经
倒立着，与自己默默对峙

但镜子，还是不会收留你
它不会铭记，任何一个与它交往的人
就算你曾经，在它面前，毫不掩饰

可是，你在镜子里，多么认真啊
你发现了，那么多瑕疵
你对自己，又一次，摇了摇头
像一个跃出水面的人，用深呼吸
自我拯救

恩　赐

天空中有一枚红润的玉玺，挂在山尖上
天空中，霞光飞舞

这是神圣的时刻，我仰着头
站在山脚下，接受黑夜的降临

万物就要归我了，我就要归我了
我回到家，回到了亲人身边

爱这暴雨（外一首）

◎鲍秋菊

晚上好，暴雨
晚上好，隔离尘埃
倾盆而涌的暴雨
诗人们渐渐远去

树敞开身体，接受电闪雷鸣
叶片在光晕里，展现不同本身的绿
此刻，我在一辆的士车上
想起一个死去多年叫伍尔芙的女人
想起为绘画而疯狂割下半只耳朵的梵高
他们的脸被雨洗刷得更加清晰
像我，顺应了挣扎，陡峭
战栗的脸，从一段泥坑走向另一段
格外的分明
天空，再一次电闪雷鸣
他们蓝色的眼睛，在时空的某处
关闭了我的处境

整个世界飘着雪花

你来，带来了好多雪花
风的姿态，还留在发梢

我知道，雪花一直飘
飘到餐桌前，你的袖口只剩下雪花
和诗歌

火车继续南下，身体各处的零件
精神饱满，含着北方的寒气

想到那些拿着内心当镜子的人，他们曾
被呼啸卷入大雪中，山脉的高处，贫瘠的低处

整个世界都住着雪花,我的眼睛连着雪花
像落叶等风把它吹到天空中去

夜晚的星空(外一首)

◎耀旭

夜里睡不着的时候我会想一些人
没有固定的对象
大脑像一艘船在海上漂
漂到哪里是哪里

包括死去的人
不认识的人
没见过面的人
无中生有的人

暗夜之中好像我们会有更多朋友
最近我想得比较多的是
那些躲在防护服里面的人
我没有见过她们
(一个都不认识)
但还是会常常想起她们

无论在多么深的夜晚
总会有一些人被他人想起

而在高远而深邃的天空中
也有无数的星光在闪闪烁烁

我不能想象的世界

扛木头的女人
锯木头的女人
挑水的女人
洗衣的女人
在金色稻田里收割的女人
挖红薯的女人
穿着学生装剪着短发夹着书本
在一百年前的校园里行走的女人
在街上游行喊口号的女人
奶孩子的女人
画家笔下的体型肥硕的女人
一个叫邓肯的女人
一个叫马丽的女人
一个叫索菲娅的女人
一个叫翠花的女人
赤脚走在海边的女人
被关在精神病医院小房间的女人

我不能想象
一个没有她们的世界

以上选自公众号"三味诗文"

2020 年度网络诗选
微信群诗选

枯草谣（外二首）

◎蟋蟀

九月开始，我们打算离开长港河。
早晨，风来了，清点每一束枝叶：

那些来不及开花的，不再开花
来不及结果的，已不必结果。

浪费的光阴也好，珍惜的光阴也好
都将去往寒冬的平原。

我们穿着夏天的短袖衬衫
两手空空，如释重负——

向天空讨要火光的野孩子，举起
边缘闪闪发亮的手掌。

又瘦又黑的目光，惊喜地翻越
遍野起伏的，父母的恩泽：

不必感激，没有愧疚
来世也互不相欠。

个人往事

好吧,李响鹏,我承认
你藏在寝室墙洞里的红薯是我偷吃了。
这些年,你在梦里骂骂咧咧的样子我受够了。
你以为我吃得真的那么痛快么?
两个烂了,又苦又涩
一个被老鼠咬了半截。
我把它们揣在怀里,在楼梯拐角
差点被撞翻,露出马脚。
坐在教室最后一排
趁着班主任转身擦黑板
偷偷咬上一口,又放回抽屉。
梧桐树开着花,就在窗外,伸手可及。
一只黄鹂在树梢,眺望河对岸的另一只。
我翻开课本,上面是
"李白乘舟将欲行"。
我不知道是不是该把红薯还给你。
也不知道偷偷放屁的声音是否被前排女生听到。
我如此羞愧难当,面色通红。
下课铃响了,我趴在课桌上
得了相思病。
透过木板缝隙,红薯正在发芽。
我再次掏出来时,它已经抽出藤蔓。
现在,你叫我拿什么还你
那几根红薯

都成了绿叶。

橘　子

穷其一生，我只想让老人
吃上我种的橘子。
我的大伯，死于肺癌。
他抽了一辈子劣质香烟，临死
都没有喘过气来。
虽然他味觉迟钝，也完全不知道
若干年后，我会在河边种上一排橘子树。
我二婶，死于鼻咽癌。
她念了一辈子六字真言，后来
完全失聪，失明，只剩下坏脾气
疼痛难耐时，高声咒骂儿女的不孝。
她留下的手串作为遗物被掩埋。
她怎么可能猜得到自己跟橘子之间
会有什么必然的联系。
我细姑，死于血癌。
她甚至还来不及看到我能够
独自下地干活的那一天。
她死的时候全身青紫，
儿女还那么小，房间那么暗
她经常出入我的梦中，告诉我
她是如此恨意难消。
我种下橘子时他们都离世已久。
在他们生前各自的抽屉里，

还留着橘子的位置
等我一瓣一瓣地
从死亡的酸涩中
活出甜蜜

你好白鹭（外二首）

◎余小蛮

我们变矮。在时光中生出白发
我们仰头
看白鹭在夜空像流星
掠过
像你叫我的名字
在淤泥深处我们缓慢发芽
在月光下生出更多根须
我们是两棵
沉默的绿植
我们在这样的夜里同时老去
远处的树一起沉默
夏季夜空有好多星辰
白鹭会飞到哪个星球落脚
白鹭有没有爱过
你好白鹭。

北 方

用月光思考的人在夜晚
用马的形骸奔跑
那些你带来的敏锐目光正落在
月光也落在的地方
北方夜深时星空
辽阔
土地缓缓升起古老而神秘气息那是
游牧的先民未散的谣曲
北方的树叶终于在夜晚悄悄绿了
苍茫的雪原只等
这转瞬即逝的夏天收起
就会再次覆盖
北方在你的目光里安静下来
湿地野草拔节
万物有野生的尊严

鹿 群

两只鹿迷失了方向，湿着眼
身上的梅花落了
他们紧紧相依
像两个孤儿
夜晚星空如此辽阔，夜空

就在灌木之上
梅花鹿
一起低头慢慢嗅着鹿群的味道
眼中星光闪耀

我喜欢的人（外二首）

◎黄旭峰

我喜欢那些清楚的人
三句话能说明白一件事情
我喜欢那些简单的人
一句话就是一句话的意思
我喜欢那些善良的人
什么话不说，有羊群吃草时
温柔怜悯的眼神
——从天亮到天黑
又从天黑到天亮
漫长的四季轮换，星移斗转
因为他们
我才敢说喜欢这里的生活
我与这些怀揣各自疼痛的人们
由于长久地呆在一起
所造成的悲喜交加的生活
我甚至因此开始喜欢那些恶人
作为一种对立

乃至善的必要补充
携带一门阴暗的知识
提示地狱的普遍和可能

塔尔寺

学会奔跑以前，
那些安静的石头全部是狮子。
就像痛哭的孩子，
原谅了迟到的糖果。
让欲念对称于敬畏之心，
我从很远的地方赶来
有一阵风，从原上吹来拂过我
拂过年轻的喇嘛，
被阳光晒伤的笑容，终年积雪的琉璃：
如果我没有爱过什么
当我冷时，我就是冷的。
受苦的心，日夜匍匐
攀在慈悲的山顶。

在富阳

日行千里，高铁就是马车
这全部的身外之物，沿途的城市村庄
都像一次皱缩的仓促的无所事事
在北京，在燕矶，在富阳

或者其他什么地方，并没什么两样
活着，走路，相信世间或怀疑
在每一个夜晚躺倒，又在清晨醒来
周而复始，如同牺牲
譬如这一次，你兴之所至
下鹳山公园，望江，吃鱼
看一叶扁舟，在渺渺山水中走神
晓刚他们在拍电影，说着方言
春夏秋冬过去了，时光漫长

海之眼（外一首）

◎洪光越

在漫长的夏日
我常来到海边消暑
常见到一双海之眼
在水底缓慢闭合
当光线穿透海平面
直直下到黑暗的深沟
它会因惊慌而消失
我更多是傍晚时看到它
躲在无人的浅海
盯着岸上新奇的事物
有时从远处袭来波浪
这双海之眼受到冲击

会瞬间化成浑浊之水
随后又恢复眼睛的形状
比之前更为明亮
海之眼常常抚慰着我
在漫长的夜晚
它总会退到深海区
在风平浪静和宽阔之地
浮起潮湿的双眼

珊瑚石

在我桌子上摆放着
从海边捡回的珊瑚石
它们无生命体征
更不会想着回到大海
忘了是哪一天　我们
来到小东海看海
从一堆灰暗的礁石上
我挑中最圆的一块
带回家　它长满眼睛
体重3.5斤　不会再重
后来在其他海域
我又捡拾珊瑚石　它们
围聚在桌子上　整天
沉默着　日以继夜
证明它们只是石头
它们不知　大海辽阔

茫茫黑暗中
它们曾活过

追鹤（外一首）

◎笨水

我曾追赶一群鹤
我在追赶鹤群的途中
一只鹤在心中诞生
我曾因奔跑而蜕去人形
我曾随悲鸣冲出天际
为放出心中这只鹤
我一生都在开启这具身体的笼子

假大海

所说的海，不过是鱼虹
方形，大不过立方米
海水，不过是自来水加了盐
氧气由机器制造
鱼来自海上
在这里做了囚徒
被"海水"安慰
被珊瑚疏导

每天亲吻玻璃无数次

晴朗（外一首）

◎路亚

鸽子落在窗格子上
窗格子落在被褥上
它们各自温柔地亮出肚皮
相安无事
当鸽子突然飞起
速度产生了光
一支干燥的歌擦身而过
电击得窗玻璃泠泠作响
它脱身而去
去捕捉更多的光

此刻雨声嘹亮

所有的窗户都不擅掩饰
所有蓝色的雨棚都过于孩子气
所有的树叶都噘起了嘴
所有梦魇缠绕的河流都被敲醒

除了推测到窗外防腐木地板的

反弹力量雄厚又空洞之外
整个世界不复存在
秋虫哑默，它们的嗓子随雨水消融

而那些从木缝间落下去的雨
那些在河里轻扭腰肢跳舞的雨水
它们一颗接一颗破碎
却决意不肯说出雨水汹涌的去向

纬度（外一首）

◎呆呆

实在没办法想象
一个星球松开身上所有绳索时候

"它累了。"哲学家口中的累
是万物退让，重回深渊

"它累了。"诗人认为，水中的星空
更神秘，更有秩序。就像此刻，月亮下的湖水，树木，山峦

它们侧着耳朵。它们是完全的悲伤
和喜悦。它们建立秩序，也会亲手毁掉它

天堂之镜

我想邀请你,去我的家乡看一看
那里野蓬遍地,耕种的人被春雨黏住

一直没有回到家中
麦子高过天空。松鸡和鹌鹑的房子,有金色圆顶。
妈妈们,是开在池塘的睡莲

一睡就是几百年
我还要说说蜜蜂和油菜花。它们随着云朵流浪

它们喜欢。盖着茅草屋的土地
和七叶草的清水

乡村夜行(外一首)

◎刘俊堂

小谷粒,你会疼吗?
会吗?
难道阳光不是你的肌肤?雨水
不是你的血液?
黑夜里拔节的声音,不是你的耳语?

疏松的泥土,难道不是我
和你
共同的母亲?
布谷鸟在春天撒下种子——
仅仅为了秋天来临,
残忍地割下你的头颅?

坐在末班车上,我突然想起母亲

坐在末班车上,我突然想起母亲
她晚年瞎了的一只眼睛
是左眼,还是右眼?
只记得白色的缦子,像雾,像霜
我看不见她眼里曾经的黑
我望向窗外,轮流闭上
左眼,右眼
猜想她是否和我此刻一样
看到的人间,熄灭了一半的万家灯火

巴别塔(外一首)

◎冰竹

向果树扔去一颗石子,一枚果子落了下来
再向果树扔去一颗石子,所有的树叶都落了下来

光秃的树枝上却停下一只蝴蝶
你在骗我,而我并不在乎
要用多少石头和水泥

上帝不会让我们说同一种语言
他把彩虹放在云端上,水就不再泛滥
我们怎么知道不会再有洪水将我们淹死
就像淹死我们祖先那样?
巴别塔,我们人类的梦想

搭上云梯,向上爬去
美丽的女人是一枚落下的果子
我们是在云端上飞舞的片片落叶
巴别塔,果树就长在你的肩膀上
你听见水中房子在歌唱
鱼在哭泣么?

曲别针

把皱纹别在脸上
会说话的时针敲开你的眼帘
载着它们顺流而去的,默无声息的
是如今的寂静
和伫立在井中的影子

曲别针,把汉语也别在墙上
那里有鸽群飞过天空

那里有成片的高粱长进田垄
被炊烟煮熟了的
依然是谎言

我将用你把某个黄昏做成纸片
我将用你,把那片月亮别在天上
把一个点燃了的秋天
别在落叶上

以上选自"诗生活"微信群

患者（外一首）

◎刘岳

他靠近水

日光晒着他萎缩的头脑。它被小心地
扳开过。他的头发
少了，记忆
每天被取走一些

在磨出沙粒的石板地面上，一根光柱被微小的花园托住
溢出带水的阴影

他老得很慢。他像一座更小的

私人医院

无人的食堂一样运转的一个片刻借助他的胃
艰难地溶解
一些别的东西也在减少

他从水池里捞出石子。每捞出一颗
就咧嘴笑一下,发出一个
"咦"字

优　雅

他离开祈福的房间,冰凉的天空摆动了一阵。
玻璃门闭合。
屋内:桌子上是书;
书上面是嘴唇——已经磨损
——重量减轻;
上面,下午朗朗。余下的人用陈旧的肉皮擦拭眼球。
温和、协调。将拇指伸进书里。
翻动。太美妙了——
你听。一个声音说——就像是有人
被抛了出去。

在临沂马场（外一首）

◎杨碧薇

隔着物种，隔着语言
美国小矮马把自己的忧伤
清晰地传递给了我
它低垂的眼眸，盛满人类羞于承认的脆弱
要表达对世界的理解
它只用最简单的沉默

人终究做不到马能做到的事
当我轻抚它温软的皮毛
与众人笑谈时
我们只说马场的建设，说远处的树林
只说这天气真够意思
骑一骑外国的畜牲也不错

一小块儿

原来，我的整个坐标，
有一小块儿是留给你的。说它是
微光也行，残骸也好，
反正它泊着，保持深水区的骄傲。
想起你时，它就长出些

芒刺或苇草。
在漫长的分离中,在男人女人们喧闹着
加入我们的曲调,游过我们的身体时,
在偶尔的痛感与惯常的丝绒里,
它只是空出一地薄灰。
哎,当你终于越过锯齿的澎湃抱紧我,
我应该和这一小块儿同时颤抖,
最好哭出点声来。但什么都没有。
我被一头叫沉静的怪兽给制得服服帖帖,
它的爪子,在我心上画着缠枝的幻象。
你的唇辗转于我颈后的头发,
而我竟忘了那一小块儿,仿佛自己正
融进怪兽的内部。它引我们来到
陌生的海港。
我一步一步往前走去,背对你,停在那条
泛黄的直线上。

叶尔羌河滩（外二首）

◎杨森君

河滩上的卵石在发光
白昼下,我远远地看见它们
当我重新打量它们时
它们是黑色的、白色的、浅灰色的
那是我来到了它们中间

帝王的坐姿

中途改变初衷
绕行西夏陵
我并没有如约去往贺兰山
坐在山顶
对着山下弯在风中的树木说
众爱卿平身
已经有人先我一步
模仿了帝王的坐姿

时光游戏与生锈的火车

多年前
我开始准备接站
等待一列
由东向西的火车
不幸的是
火车中途坏掉
长长地停放在
华中平原
所有乘客
都走下火车
只有一人
坐在上面

她要目送火车
从头至尾变成一堆废铁

田园将芜胡不归（外一首）

◎伽蓝

放虎归山
就是让英雄回到
荒芜的田园
把猎枪挂回土墙
在开满梨花的
树上蹭痒
就是满身疤痕
像虎的花纹
开口就吐出
肚子里的牙齿
话过三杯酒
再续三年
总要把大雪乱翻
一地泥脚印
说了什么不记得
虎，弓弦一响
就变出一块石头
山，无故高大起来
雨落天青

满天晃荡星星
一声呻唤,就有一颗
落在手掌

树枝摇曳

树枝摇曳,毛茸茸的鸟声
点缀清澈见底的绿意
涧底的琴声无人弹拨自己鸣响
终日不绝。山风徐徐吹过
而鸡犬并不相闻。抽完这支烟
掐灭了烟头,忽然有着
躺在树尖上随风摇曳的冲动
在山腰望一望,脚下的初夏
涌动,层层波浪此起彼伏

移山记(外一首)

◎卢三鑫

山向火药求饶不被炸开
石头向钢铁的牙齿求饶不被粉碎
我向父亲求饶
让他把车开慢一些
车速太快,山会动摇

会让那些在山里长久生存的虫蚁鸟兽
误以为来了地震,跳进悬崖
会让那些草木误以为起了大风
丢掉自己的枝叶

这个世界会好吗

从一开始我们就无法自证清白
我们对这个世界持有怀疑,持有歧视者典型的嘲笑
我们指着一个盲人的鼻子说,你睁着两只眼睛
你听见风声但看不见风吹草动
你看不见雪落但满眼都是洁白
这是多么艰难的一个晌午啊
你听见我叫你亲爱的,你听见我叫了三声
却误以为是三个我同时在叫你。你伸手摸向我
你说,别动,看——
我抓住了声音

无题(外一首)

◎贾凯斐

一束白百合,放在暖黄色的老式木板墙前
和放在水泥几何台上,
各有各的韵味。

数数天空中飞着几只鸟
竟然也心生出
游历之欢喜。
老房子刚刚修缮，
书页正在发黄。
现在，最想听到你的一声安好
不过也就仅仅一念间
便安心于：推开窗户，
天空空着
大地除了个别地方，其他
也宜仅需淡墨少许

江　南

我不辽阔
也没养过暖色的作物
我养几个黑是黑
白是白的字
冬天患上风寒
夏天慢慢自愈

那年，有机缘打江南走过
回来，心里便养了一汪水，
圆的
不流走，也没有来路
圈暖暖的鱼虾

空白（外一首）

◎阿蘅

她曾经无比笨拙向我表达
她的爱。她的手指抚摸过每一棵蔬菜
查看长势，先开花结果的
总会被她优厚对待

我想要详细地写我母亲，但如今
我只能描述眼前

小小林中，被一棵棵胳膊粗细的杨树
割开又合拢
弯腰俯身的一团雨雾

春天快要过去了

为失去的美好事物而哭泣还为时尚早
一切还来得及修正，重新筹划

早些年写下的句子密匝又繁芜，交往的人
只需要留几朵铃兰，鸢尾

把称为朋友的去之八九，称为知己的留一二

视为爱情的只留初恋时青草的味道

偶尔看到楸树开花,和偶尔听到
《互不打扰》的歌一样惊心

虚构了两三年的大火,还好只烫伤过嘴唇和牙龈

大波折小起伏。一段旅途作为新旧过渡
谷雨过后我就要去见我陌生的朋友

小行李箱纳入:《枕草子》,石榴花香囊,几件换洗衣物
栀子花和茉莉花为信物

我们都爱这清白中缓慢释放的香
更像我们一生的期许

汲取(外一首)

◎雪舟

你体会的一切都在对立的世界
共存着——
衰老与年轻,男人与女人,生与死
二元的禁锢与多元的交融
分配着你的一生
此刻,不远处草地上

一对年轻的父母,他们四五岁的女儿
在追蝴蝶,在仰首看风吹斜的树梢,在草丛观察
一只蹦跶的蚱蜢
这个凉风习习的下午,年幼的孩子
成为中心
环绕着她的一切暂时归她所有
她控制着欢乐和希望
他们离开草地以后
树木的阴影在扩大,而光明在高处
汲取了你未曾察觉的力量
你似乎忘记了自己是一个刚从墓园
回来不久的人

恩 情

月亮今晚是圆的
父亲已经年迈
我还是希望父亲和我一起
在月光下走一走
我们的影子会一路紧跟,寸步不离
只是在拐弯时
影子会重叠一起
像小时候父亲背着我
而在拐弯处一片阴影的笼罩下
我在心里悄悄背起了年迈的父亲
当前方出现开阔地
父亲已走在前面

月色像薄雾弥漫
我快走了几步
接上父亲的话茬
说起了母亲的睡眠
说起了早年患病的妹妹

灯下（外一首）

◎王强

我在灯下翻动着闲书
等着那声音
从时间的另一头返回来

偶尔，我也放下手中的一切。抚摸那只
留在体内
温顺而又暴躁的小动物

它站在自己虚构的草地上
四周静默如谜
灯光也偶尔投在它空茫的双眸里

壳

他在老式的衣服里，在自己的阴影里

有副上了年纪的身子

记忆留给他有偌大的空间
那里每天
都有人死去，像夜里各家窗户里——熄灭的灯

他的目光滑向
内心深处，变得浑浊
时而又带着一种全新的自信重新浮出水面

有时，他离时间很近
那里有一个世界，在他的皮肤下
闭上眼睛
他仍从躯体深处看到它

以上选自"诗别园"微信群

显眼（外一首）

◎张二棍

天上最显眼的，就是太阳了
太阳下最显眼的，就是那些光着脊背
在坡上，劳作的人
这么多年，有人提着罐子
给他们送水，送饭，擦汗

这么多年过去了,提罐的人
老了,腿脚越来越慢。快日落西山了
还没有送到。有时候
送到了,可田地已经荒芜
锄田的人,也被杂草
深深埋住了。"老头子,老头子……"
怎么喊,都不答应
拨拉开哪一丛
都不像。最显眼的
是那些不管不顾的草
饿疯了一样,点着头

喊

站在高坡上,随便喊一喊
沟壑里,就会诞生一座村庄
凭空出现一座座老窑
随便对着哪座窑洞,再闷雷般
喊一声,就有一个红脸蛋的女人
走出来,给你递过一碗水。不能再喊了
再喊,就有婴儿降临
再喊,这婴儿就应声长大
扛着铁锹出门了。他把一面坡
种绿了,才肯回来
他把一把锹,磨秃了
才肯佝偻着腰,披着星光
回来。他对着哪座窑洞

呼唤着，那座窑洞里
就会惊醒一个
咳嗽的女人，把灯
亮起来

苦楝树（外一首）

◎张建新

高高的苦楝树
在风中晃动的苦楝树
我曾抚摸皲裂躯干的苦楝树
它开着一簇簇彩云般淡紫的花
离开永固村之后
已很少看见它，或者忘了它
在满地的玉兰、桂花和垂柳中
如果有一株苦楝树
那该是怎样神一般的存在
我知道苦楝树已成片地倒下
在香气弥漫的世界里
我曾用弹弓将它的果子射向你
我们尝过那苦苦的滋味

有时候,因对意义的否定才存在

一夜大风之后
事物长久陷入静默

天色灰蒙蒙,鸟鸣稀薄又局促
一个象形世界里紧张的异类

风愈寒,掏空自己才能
用厚毛衣裹紧真正的自我

当我们提及意义
蒲棒和残荷遥遥相望
草地上氤氲白汽是隔在它们之间的语言吗?

当它被视为对意义的消除才存在
覆在草叶上的夜露也覆在你的身上
你用手抚了抚湿漉漉的头发

这不值一提并无意义的细节
惊飞了一只野鸟,出于对你的赞同
它冒险从塘坝隐秘的藏身之处
飞起,义无反顾投入远处的矮林

自我更迭（外一首）

◎康雪

远道而来的花
在新的居所开了一段时间
寒冬来临时，她们齐刷刷地熄灭。
如果在同一种枯萎的颜色中
探寻生命与哲学问题
一切皆可成谜
亦是终极答案。

明年春天
她们会不会活过来？这可怕
又可喜的
一样抚摸我头顶的春风

我满腔热血，同样祈求年年美丽。

爬　山

并不是一座很高的山
当我们爬上顶端，站在天然平坦的
大石头上
仍感到晕眩。

这时我们只是风中的芦苇
脆弱而执着,知道存在的必要
同时接受无意义。

下山时我们才伸手抚摸
阳光下的枯叶
也触碰草根深处还未融化的雪。

白杨树（外一首）

◎霜白

白杨树身上有很多节疤,
每一个都是一只眼睛的形状。
开始是伤口,
后来成为了眼睛。
我的命中也曾有过一些伤口,
它们整日整夜地醒着,
看着我的灵魂怎样
像一棵白杨树那样,
安静而笔直地,站在大地上的风中。

古　塔

那孤零零矗立着的斑驳的古塔,

阳光又一次给它镀上一层金色,
仿佛久远的世事在它身上燃烧。
一个诗人也该是这样——
他写着,使衰老散发出缓慢的光辉。

西岭街(外一首)

◎林珊

那些摇曳的油菜花,多么明亮啊
多像一个人,顶着空谷的落日,在云朵下
奔跑。而那些樱桃树上的花瓣,就要落尽了
白茫茫的一片,垂向肃然的泥土
寻求更好更久的归宿
春风浩荡啊
人世在此时,已不值一提
当我来到春天的西岭街
有的落花已成为流水的一部分
有的故乡已成为回忆的一部分
当我低着头,路过山峦,村庄,湖泊
和几株长满嫩叶子的老柳树
走向更深更绿的田野
我们爱过的人
已消失在更远的远处

给莫妮卡之：海上钢琴师

莫妮卡。黑白琴键上落满了灰尘
琴谱摊开，在第 39 页
你已经很久没有坐在窗前
弹奏过一支曲子
听说你的钢琴老师，远赴异乡
他带走了他的钢琴，外套，快餐盒
和 2019 年的春天
莫妮卡，《海上钢琴师》4K 修复版
已经上映了好些时日
你应该带上你的止咳药和保温杯
去电影院，好好呆上一个下午
1900 是他的名字，他是一个
从来没有走上过陆地的天才钢琴师
他在大海出生，生活，死
他被一群水手养大
他对一个女人一见倾心
他从来没有见过他的母亲
"在那个无限蔓延的城市里
你唯一看不见的，是他的尽头。"
——这是影片中，最经典的台词之一
莫妮卡，船靠港口，浓雾中的自由女神像
若隐若现，人们挥舞手臂欢呼雀跃
那些苦难与困境，都被抛诸脑后（即便这只是暂时的）
电影还没有结束

你已写下一首诗的结尾:
"我们生活在和平年代的祖国
幸福多么辽阔。我们不曾经历过
烽火,战乱和颠沛流离。"

身体列车(外一首)

◎纳兰

这一列身体的火车
驶向虚无和死亡
也驶向白云深处和花蕊。
总有打破沉闷秩序和僵局的
蠢蠢之心。
铁轨的梯子
从没有立起来过
探入云端。
不在轨的骆驼驮着它的山峰
它既负重又消耗。
骆驼刺和荆棘
在沙漠中也学会了储蓄雨水。
这空的身体
空的列车驶进隧道
如同抽出的抽斗
返回抽屉。

赠 别

今夜,我们发芽,花生长成豆芽
鱼骨接近风骨

诗,鸡蛋般微小的宇宙,
符合蛋清蛋黄的二元论。

茼蒿是清流,
油麦菜尚还没学会油滑

今夜,以诗为暗号。
诗句即残招,我从残篇里窥探救赎的诗学。

在石头开花的时候,
要挽救那个石化的诗人。

我说亲爱的雨(外一首)

◎念小丫

这样急切的雨声彻洗天空
我静静地听着
椭圆形的声音和

细长的声音
这是孩子第二次期末考试的雨
我说是亲爱的雨
淋湿了李子和杏子，透出馋涎欲滴的香气
亲爱的雨，这一场
是你的青春还是暮年？
我看着那些清洗一番的叶子和果实
不由得置身于其中
并捧起自身坠落的几滴
几滴亲爱的雨
久违的光芒，比钻石透彻的光亮
在我和孩子身上颤抖

北方之雨

雨不停
从六月初下到现在，街道流淌着积水
泥土散发雨腥味
日子一天天发霉　并无惊喜
两个困在雨中的女人
说起婚姻，脚下泥泞打滑
她说　和那个男人
就是一张纸的关系
如果撕碎了，她不要孩子的监护权
（她也永远是孩子的母亲）
雨顺着伞檐
把两个女人围在两个圈内

像两个完全不同的婚姻范围
没有停下来的意思
理应是北方少雨,而这两个女人
像是站在漫长的梅雨季
周末上午,她们小心绕过街角
像行走的两棵树
果实是附加的分量
雨不停,这是北方生活的
意外现象——
出租车像行驶水面的船只
远远看去,她们走在切开的水缝中
像行走在伤口上

玫瑰（外一首）

◎秋若尘

她知道,从日出到日落
不只是时间在流逝
她的身体,有一半已经枯萎了,另一半
还在阳光下开着花
每一天
都有不可预料的事情发生
她知道
那是什么
一朵玫瑰

失去水分
还不足以成为生活艰辛的佐证
总要有人
第一个离开这里
地球是圆的
时间也是圆的
她走过的路
正是接下来我们要通过的

二 月

二月里，我陷入昏睡，时间仿佛一瞬间就静止了
也许它没有停下来
仍在转动
谁知道呢
天气一日暖过一日
植物们纷纷醒来
江水向着更开阔的地方流去
唯有我睡着
陷入沉默
石头堆积在沙滩上，鸟雀们归于林巢
不出意外
三月桃花就要开了
我的沉默
不能给你们意料之中的平静
也不能给你们带来安慰
我知道这是错的

二月使人悲伤
月光笼罩着虚拟的大地

格物（外一首）

◎李栋

石头和石头堆积在一起
风高蹈
从山体表面一划拉就过去了
细小的另一些沉迷于深入内部
偶尔发出尖叫
世人偏爱炼金术
因此诞生坩埚、火药、无坚不摧的蘑菇云
有时也伴生绝望
山体就是因此被掏空的
热闹的部分转行做了墓碑
孤绝者向太空逃离
化身为太阳、月亮、星星，和陨石
我不记得有谁记录下其中隐忍的光芒
并探究倏忽而过的波长波短
局面失控时，只有木头不知疲倦
一曰惊堂，一曰册页

南 山

新修的步道曲折，一直
通到南山深处
梁上人家因此脱贫
卖点苹果、核桃、红枣也是好的
远胜于烂在地里
牛羊不可放牧
早几个月就端上了城里的餐桌
想来其味鲜美
坡地为国家所有
山下来人种草、植树，安置大型光伏
和广告
花朵是野生的
我们在秋天里赏菊、饮酒
把一枝枝茱萸插到身后
我们与山民合影
一定要他放下之前的忧伤

望春风（外一首）

◎毛秋水

春天透明的轮回折磨着我

语言的牢笼和万有引力
也折磨着我。窗口大海倒悬，
从危巢直插其中的鸟儿
轻快地练习逃遁术。
它们懂得救赎之道，即在其中
当樱花开到无可救药了颓废
夕阳落到正好时我密谋逃遁
但有种目眩的蔚蓝，
倦意使自己旧病复发
一阵春风吹来又使
我望见完全能够清晰地
死掉的自己融于它，
而春风仍在体内
群山回唱的寂静中写灯
灯光的古老眼睛空无一物
令千疮百孔的孤绝身影
被万千光线
从白杨木与桉树的婆娑句群
所穿越，
所羞辱

古老的隔离

《长江日报》发布通告：
自 2020 年 1 月 23 日 10 时起，
全市城市公交、地铁、轮渡、
长途客运暂停运营；

无特殊原因，市民不要离开武汉，
机场、火车站离汉通道暂时关闭。
恢复时间另行通告……
面对新型冠状病毒肺炎，
这仅仅在战争题材的
黑白电影中目睹的临时状态，
百年前面对鼠疫所使用的古老隔离
一度令赶赴故土准备欢度春节的
人们惶恐，令各个省分崩离析
但雅砻江、岷江、乌江、嘉陵江
沅江、湘江仍一路奔过来
与汉江交汇，
更多的救赎、救援，与武汉一起

以上选自"诗同仁"微信群

起源（外一首）

◎沙马

在我看来，一只蚂蚁是一颗
星星，一只蜗牛是
一颗星星，带着微光前行

在我看来，一片叶子
是语言，一朵花

是语言,一只鸟儿是语言

为了保持事物的客观性,我
只能忘掉自己
默默站在它们的身旁

这样的日子

我住在简陋的屋子里守护着我
简陋的灵魂。我在门外
一块废弃的土地上种植一些蔬菜
和瓜果,喂养我简陋的躯体
这样的日子,我不认为是一件
丢脸面的事。渐渐地,我
看到了一些鸟儿和蜜蜂来到这儿
渐渐地,我看到有人带着
他的事物朝这儿走来,细小的现实
有了起色。我想,活在
这卑微的幸福中,不需要伟大

野花(外一首)

◎以琳

对于一个没有户籍的人来说

她开着
就是一朵野花儿
无篱笆　无根系　无故土
不施粉黛的脸，时而忧郁，时而果敢
沙尘刮来
不用手捂嘴，冷雨落下
不打伞给自己
阿尔卑斯的云
棉花糖般的轻盈，吸引她
单独爱上一种活法
迎风独立

清　明

和土地一起醒来的还有雪
爱过旧人的春天
干净如初
和清明一起活过来的
还有几处荒野
乱石丛林
有我想念的人名和骸骨
它们分别代表
死亡，复活，爱或生存
黑牛犁地时
我把蓄满的雨水
擅自掠去一半

古籍（外一首）

◎吴西峰

新书油墨未干，而那些古籍
曾嵌入竹子、布帛和石头
以刀
以墨
以血的形式
在墓地中沉睡
也曾持久地照亮某个灵魂
其内容，大体
关于天地
关于人
关于刑罚及其解析，往往
我们就要耗尽全部的活着
全部的偶然与必然
才能将一星半点捞起并留住

面对大河

面对大河，静默压制
除了屈辱与咆哮
不剩下什么了
甚至也不置身在别人的天气里

遇到，以及对视
但始终承认
莫名地活着
不过是丝丝缕缕
沿着最深处攀升的烟火

你连续不断的活着总是这样
总是无端地断开
有时是被打断
有时是被割断
明明你留了一个明天给过去
却永远失去了够着的权利
你只能看着，一种
孤悬的与众不同
在那里顽抗和沉浸

春天（外一首）

◎海湄

任何人写的春天
都没有田野和麦苗写得好
他们的重生，带着嫁娶的兴奋
带着新鲜和稚嫩的欲望，他们努力喘息
他们每一次用力，都像蚕
在撕咬自己

人过中年
失去了春天的动人之处
只有一颗用旧的心,当它被万物
感动到流泪时,请你相信,那不是为了哭
那么多花朵,需要为开放活着
那么多的愧疚,需要有人
不断地扪心自问

我用一个人的方式
拥抱一切,她的潮湿和温润
像柴草炒出来的空心菜,碧绿而又清脆
那独上高楼的人啊,我把这场独白
辗转送给你,是想让你看到村庄
正以我的方式,飘起来

接近秋天中的家乡

我想
我应该歌颂
歌颂这个普通的秋天
和风煦暖,天空排列着候鸟
它们穿越了南北
带着我无言的
感动

秋天囤积的

麦穗、谷穗、稻穗、玉米
像捆扎好的阳光，慈祥而又丰满
每一寸土地都在接纳
每一寸土地都在奉献
每一寸土地
都像妈妈

我沉迷
庄稼的气味
这迥异于他人的味道
夹裹着我一个，很深的目的
那就是，回到村庄
就是回到了家
就是回到了
粮食中间

沙与沫（外一首）

◎量山

在郊外散步，看到一座坟墓，
被青草和玫瑰环绕。
我想说，没有坟墓，玫瑰将只是玫瑰。
没有青草，坟墓就彻底成了坟墓。
在暮晚的香气中，我们争论
先死的幸福。

纪伯伦把沙与沫给了玛丽,
作为先知,他却把美和死亡留在了画布上。

礼 物

在核桃树下,麦苗
为他预留了位置,挖出的土,
填充了新的空缺,
终于拥有一座橡木小房子的永久
居住权。不再流离,恐惧,悲伤……
他被穿上白色的衣服,
干净地离开。
他望着无动于衷的树木。
此生没有做过值得炫耀的事情,
也没有落井下石过。
当唢呐的哭泣声响起,
马槽里的婴孩也会为你而来。

苦楝树下(外一首)

◎沙瓮

苦楝树不在
树下有你的影子
苦楝树有根

根上有轻抚的风
活在山墙外树下的日子
那些细小的苦涩
开满紫花
苦楝树倒下之后
我在这尘世又苟活了多年
我的女儿也成了一个准母亲
像树的根须发了两棵芽
苦楝树不在
苦楝树还在
老屋的地基是有根的
根上栖息着
低回的风

美　桃

母亲在世的时候，常说
我哥的头上有个姐姐
1960年那场持续的饥荒与高烧
夺去了她的生命
——那一年，她不到六岁。

母亲还说，姐姐长得很齐整
特别的乖巧懂事
吃食堂那年，就知道
牵着我哥去挖野菜
头一回挖到一把野菜

就像在天上摘到了星星

我的姐姐名叫美桃
那个不可饶恕的夏天,穿走了
她心爱的小红鞋

母亲说着、说着,就白了头发
语气,也渐渐平静
但我每每都要低头掩面,一如听到了
禁锢已久的雷声

汾河辞(外一首)

◎冯冯

我坐在河边的石头上,看秋沙鸭戏水
一个老妇人挥着棒槌,在岸边捶打衣服

汾水河的水认识我两岁前的容貌
我来故乡,没有找到一个亲人

老妇人的棒槌打在衣服上,石头发出声响
我在岸边看见水花飞逝,阳光四溅

汾水河的水珠在我脸上滚动,秋沙鸭默不作声
我离开岸边,棒槌声和秋沙鸭的叫声潜入黄昏

大白梨

我把削好皮的苹果
递给穿病号服的母亲
她说我不吃大白梨
就为了你们
我偷了公家的大白梨
挨批被开除
她瞪了我一眼
又说
这件事过去四十多年了
公家都忘了
我还记得

回到水（外一首）

◎唐月

月亮捅破窗户纸的同时
也捅破了它自己
捅破了人间
日渐发达的泪腺

霜落床前、屋后、鬓间

纸屑纷飞如雪
霜上加雪约等于你加我,约等于
两个季节赤裸裸地相叠

水与水的对话——
先是以糖,后是以酒,以盐
最后,以无色无臭无味的
成吨的水

游子吟

今夜,我要重新定义床
定义床前明月
重新摆放自己和一匹瘦马
在一首小令里的站姿

四月比三月长
笔底的炊烟比鸽哨长
绕树三匝犹有冗余
只待燕尾来慢慢剪裁

夜风塞入我口中的榆钱儿
有奶嘴儿的弹性
第一次像个孩子似的痛哭自己
不喊母亲

雨水（外一首）

◎南马

鸟儿接管了清晨，放纵地鸣叫
占领了天空和街道

远处的大山和我们一样
困在原地
那么多青翠的树木，仿佛长出的影子

在窗前
我学会了金边吊兰的沉默
让下垂的绿色
掩盖悬空

有些人和远处山顶的积雪
告别了春天

那些空处的枝头
托着巨大的虚空

屋后的那棵樱桃树

没人发现

屋后山上的那棵樱桃树

真幸运
我可以和她一起站立，静止在时间的斜坡上

她的果实喂养野雀和蚂蚁
偶尔我也会吃上几颗
淡淡的香气弥漫在暮色中

很多年过去了
她像是我的一个秘密

只要想起
就跨进了另一条河流

以上选自"白银诗群"微信群

芦苇、炊烟与母亲（外一首）

◎李燕

李家坡的村头，一片芦苇老得直不起腰
头发被风牵引着，左右摇摆
立冬了，这片芦苇
——是我母亲的三千丈白发飞扬

不知道,谁会怜惜
炊烟越来越消瘦的身子?谁还在乎
雪一落,会不会压断她疏松的骨头?
灯一黑,是不是骨头缝里
爬满了相思的虫?

我记得那个沾满蜂蜜的吻
记得那句如灶火煨鸡汤般的叮咛
还记得那把棒槌追逐
一条河流的叹息

哦,芦苇、炊烟、留守的母亲
三个重叠的词,此刻在我诗中
紧紧拥抱在一起

夺眶而出的秋水才能浇灭我的孤独

我沉重的孤独,在地球引力下
继续保持下沉的姿势
仿佛深秋里一片负债累累的落叶
体态轻盈,内心焦灼

田埂上的秋风,刚收割完一茬稻谷
又忙着吹红柿子,一盏盏灯笼谦卑地
也向下沉坠着、沉坠着

唯有蓝天抱起白云,在山巅跳起探戈

唯有我为你跳动的心是向上的
才能接住你夺眶而出的一捧秋水
浇灭我的孤独

借一弯月亮作弓（外一首）

◎肖许福

那时候的合欢花刚刚绽放
小鸟的翅膀
还没扇熟整个秋天
你就从季节的边缘破窗而入
收割我眼眶里的稻浪

去峨眉山朝拜
只为叩醒一株前世的菩提
你肯定是游过我心湖的一尾鲤鱼
慰藉过黄昏的忧伤
也撕扯过黎明的阵痛
浅浅的疼　深深的念依然存在

我借一弯月亮作弓
穿过幽深的森林　向你背影
射一支抹着蛊毒的箭
等你毒瘾发作……

结香花

那天的晚风未能擒住
你哒哒的马蹄声
汹涌的月光
推开一扇隐秘的门

一盏青灯凿壁偷窥我的梦
一对结香花十指相扣
簇拥在风雪中的结香树
遒劲的根　伸进骨头缝里
灵魂与骨肉碰撞发出了声响

远山听见了
兴奋地在湖光中摇晃
清晨我的影子
跑到一棵结香树前
把梦打个死结……

回望青春（外一首）

◎刘欣菲

曾经以为日子很长
从清晨开始　一缕霞光就挂在窗棂
望着它柔柔的抚摸过每一棵草
并在我冒着青春气泡的心海里
投下泛着金子一样的光芒

所有的目光都聚焦在盛放的时刻
那时的阴雨不凄凉
连雷电都是合奏的天籁之音
每一个声音都富有弹性
每一种颜色都亮得刺眼
年轻的我　心里生长着一株爬山藤
顺着思维的方向蔓延

柔软的细藤经风吹日晒
一点一点涂抹上阳光的颜色
变成古铜色　更加坚韧
当我学会了把错综复杂的思想
整理成一首诗
便有一群白鸽　扑棱着翅膀
向白云深处飞去

爱在银河岸明灭闪烁

黑夜终于以它的黑
包容了所有真善美和假丑恶
人间的万物都开始逃离白日的喧嚣
在暗夜里隐藏行迹
这貌似最安全的幕布背后
可以安放最初的梦想和最后的疯狂
多少人挥霍着爱
多少人丧失了爱的能力

牛郎织女星还在银河两岸闪烁
它们是最长情的告白
以无法抵达的姿态
悲剧的传说　诠释爱情
在人间　七夕是晒在朋友圈的誓言
悬挂在空中　夜夜不归

无根萍（外一首）

◎张彩霞

世上最平凡的无根萍
无茎无叶

开着世界上最小的花
结着仿若针尖般似有若无的果实
掬起星光下凝结的心思
为了寻找吸附的泥土而漂泊

从此　把自己交给水系
碧波荡漾的江河
才是你最终的归宿
雨滴在你的额上撞击出
悠长的回音
河藻纷纷相约让成一条水路

直到呼啸的风儿　将你的清香
盈盈地铺满整个人间

一抹彩虹照亮空谷

你的一颦一笑是温柔的利剑
剖开了我的满腹诗书
让我的心房存满你的口哨声
和迷迭香的誓言

白水河的流量
每秒两万立方米　那是
我对你倾注的热情
掬出体内的一根肋骨当桨
把独木船划向你的心间

索性让我的河床断裂成
黄果树大瀑布　索性
让我扑进犀牛潭　摔得粉碎
垂下的水帘　惊现
一抹彩虹照亮空谷

深潜（外一首）

◎白麟

面对土地
我想潜得再深些
滤掉浮生
内心纯净

那些被忽略的暗河
被忽视的暗物质
包括深藏不露的炽烈的地火
都被地上的阳光
掩盖

我要做个暗探
潜入深渊
寻找很多见不得光的
真相

也许,没有光的地方
更能看清光的方向

这些落叶要做烈士

眼见越来越多的树叶
被寒风一遍遍敲打
身形愈发单薄

曾经青枝绿叶的吟唱
早被候鸟带去远方
而后让霜雪越擦越硬
直到败下阵来
直到交出土黄色的
金印

我在窗内见证这支队伍
坚守高地
为大雪即将发动的攻势
断后

一面烽烟残卷的战旗
非要等到最后一搏
才摇摇晃晃
不甘地倒地

这些落叶呀
要做烈士

以上选自"临庐望江"微信群

纪念碑

◎白海

纪念碑从来都是这么高昂头颅
从来不奴颜婢膝,眼前苟且
它们对腰囊、权杖和肥头大耳,毫无知觉
纪念碑是唯一的。它的高度与生俱来
对于和平与自由的渴望,与生俱来

纪念碑的骨骼,早在九十年前就灌满了血性
面对鹰犬围剿,烧杀抢掠
它像钢刀一样坚硬
梭镖一样锋利
鸟铳一样面对黑暗开火,舍生取义

肃穆地,围着纪念碑缓步一圈
我们成群结队,像蝼蚁一样祭奉先人
又像杜鹃一样瞭望苍穹,祈求
饶恕锦绣山川里,满地行走的软骨

高低上下（外一首）

◎李佩文

原来住多层的四楼
上上下下，走路提东西
对周围的高楼大厦
葆有一种向往的仰望和希望
目光攀爬
奋发的心始终拾级而上

现在住进了高入云端的楼房
因为眼睛向下的俯瞰和
高高在上的优渥
从此对万事万物仿佛少了
一份向上的崇敬和动力
运送身体的电梯无论上下
心都在自由落体向下

垂落的手

不了解的人以为这是一种优雅
其实她是真的累了乏了
这双手也曾抓住绳索努力向上攀爬过
终因心力不济没有登顶

也曾牵扯过,也被另一双手牵扯
由紧到松再到放,终于没牵牢到最后
这双手触摸过,也曾摸到过人间的一些暖
幸福感动和颤抖过她的指甲
但触得更多的是炎凉
现在,她无奈无力地向现实垂下了
你也可以理解为稻子和果枝的自然低头
只是她现在连抬起笔直美丽的手
自我欣赏的欲望都没有了

不可测（外一首）

◎肖春香

她就在我眼前,躬着身子
剥核桃。剥着剥着,就把自己
剥成了一颗核桃
我们看似坚硬的外壳
被生活轻轻一挤,日子
就碎得七零八落
而一颗心呢!
在千沟万壑里,说着迷茫
一些凉薄的事物,也深不可测
日头渐西,她的身子越弯了
仿佛与核桃交换了肉身
而我,是另一颗核桃

窝在一段褐色的时光里

数白云

整个下午，我们都在数白云
你说，看那匹马儿
它看着我们，眼泪快要流下来了

我不知道它的归途
但我知道，它最纯白和柔软的内心
一定在回望，某处葱绿的草原

我们摩肩接踵在世上
有时数数不知往来的白云
有时也数数
飘忽不定的人间

别名（外一首）

◎刘琴

长大后，我才知道
红花草有个好听的名字，叫紫云英
鸡爪树又叫金钩梨，拐枣儿
灌木丛里鲜红的野草莓

原来就是覆盆子

当这些美丽的名字,被时光的大风吹着
从我的世界滚落,消失
我把所有这些静美的,生机勃勃的名字
统称为,童年的别名

反 抗

行道树下的砖面,高高拱起
像一圈牙齿拥挤,错乱,让人惊叹根系的力量

一颗颗红豆,钻出少年的额头,面颊
茂盛的青春,想要找到喷薄的出口

这个春天,善于制作各种囚笼的人类
终归被微于尘土的低等生物,反手关进了
自己搭建的囚笼

遇见山水遇见你(外一首)

◎林宁

时间,不再是虚无的形象
在这里,它是一株古樟干枯、弯曲的枝干

哦，这些有力的手指引领我的目光抵达蓝天

久干之后，必有逢春之时
紧握内心的土壤，一个春天，只那么一瞬
它便收集到了那么多绿色的火焰

我是不是它需要收集的另一部分
人世太窄，我们靠得太近

只一瞬，我的耳朵里就长出了鸟鸣
只那么一瞬，我便成了一个
胸中有山水的人

磨　剑

半夜醒来，一个人
突然，很想磨一磨那把宝剑
可是，遗忘得太久了
已不知剑在何方
只找着窗前一片月光
于是，就着月光
他开始磨着自己
直到把自己，磨成一截
森森白骨

以上选自"后花园诗刊"微信群

2020 年度网络诗选
博客诗选

所有的（外二首）

◎贺蕾蕾

所有的椅子发出邀约
所有的星汇聚成河流
所有的思绕织成布
所有吹口琴的人找到竹林
所有的路指给了方向

所有的我
只等待
一个你

填补之诗

他身陷泥沼
举步维艰
为了得到藕
他把手埋入黑色的泥
从底部掏空
为了得到完整
他努力让自己细软
他的手顺着藕的骨节爬行
噢，他喜欢那些泥

摸清了它们的品性
泥滋养了藕如同泥的儿子
但为他的双手放行
默认他领走
他托起藕
小心地将它们送上岸
多年来他在初秋
完成这些动作
天将黑时起身
他听见藕塘发出咕咕之音
黑泥温顺地填补了
他踩空的地方
也填满了
他挖空的藕

虚浮之诗

夜风微浮
蓝色的湖水把星辰和月色拉长
它有无数磁铁吸引明亮之物
它有无限深思在暗中延展
它是近的远处
它是罪的蜜汁
它是安全也是危险
它让草木静谧，鸟雀填巢
它让手电之光探来
又消失

它让万物平顺
一年约千年
它使我想到物之轻
和想象之重

花（外三首）

◎ 严彬

鲜花和干花有相近的美。
百合，马蹄莲，康乃馨，玫瑰，满天星……
散装的花我各要一支：
给妻子也给女儿，给丈夫也给儿子。
愿所有妈妈都快乐，获得孩子的心，叫他们小宝贝。

五朵花在蓝色玻璃瓶中，
像国王派来五个儿女——她们代表父亲骑士的爱意。
半个月后鲜花也会干枯，而我爱惜它们，给它们阳光和空酒瓶：
花不再呼吸时，美依然留下来了。

热　爱

我收藏白鹿耳钉、水滴耳坠
那海洋蓝色的项链，白玉手镯
《山海经》神话中一只令人喜悦的鸟的羽毛

就像我在恋爱，将要恋爱，永远恋爱
那些尘世中我喜欢的小东西
我亲手送到所爱姑娘的手上
让她见了欢喜

佩戴着自己所爱的一切。

恋　人

秋天过去了
我看到夜晚的情侣坐在校园长椅上
他们黏在一起，亲吻，小声说话
在我看来，都不如秋日白天我在
公园草坪上见到的那些情侣可爱：

他们说着话，太阳温暖的光就照在身上
路人看了只觉得美好，没有一丝嫉妒。

飞　鸟

三只长尾雀从窗前飞过，
这个下午又疲乏的时候，
我在阳台上看见它们——转瞬即逝前，
用相机捕到其中一只。
普通的黑色长尾雀没有名字，
尽管诗人用几行短诗将它和那不朽的天空

写在一起。似乎留下了什么。
这块土地上曾有过无数次战争,
骑兵的血和流民的包裹撒在已经消失的路上。
我打开窗户,没有一只长尾雀飞进来,
和我继续阅读无尽的故事。

苍茫人世(外二首)

◎阿毛

柳枝吻流水
省略号的紫藤飘飞告别暮春
围巾和咳嗽
依然太轻

看到的人和事
读到的书
不断修正自己

我写下这些时
你已在夏天的湖边
扔石子

秋月会爬上山冈
也会落入水底

空气中弥漫着教堂的尖顶
烧倒的灰

但我们依然会张开双臂
拥抱漫天大雪

哽咽着
这苍茫人世多让人留念

夜晚的剧场

水始于波浪
风起于群山
而我叫岩石

而我叫岩石
看你在风浪中
抱一块玻璃

这是多年前的剧本
写给另一个自己

一只蝴蝶正要离开
一只蝴蝶正要进来

她们在古罗马的圆形剧场跳舞
他们在修补漏雨的屋顶

而你只是
坐在我身边打毛线

是的,那天你只是看见了阴霾
还不曾看见穷途

我每一笔都要小心
防止她们暴动成为仇敌

春天掉下的松塔

砸在我头顶的松塔
里面没有一粒松籽
松树旁站着
穿着碎花连衣裙的紫叶李
却没见松鼠

我拎着这个
没有一粒松籽的松塔
慢慢上楼
地面磁砖上倒映着紫叶李的
碎花连衣裙

绿萝站在楼梯拐角
盯着昏暗、无尽的走道

墙纸的图案也是松塔的形状
里面有松籽
可周围仍然没有小松鼠

开车穿过若尔盖草原（外二首）

◎ 胡澄

起伏的群山
以凝固的波浪
诉说着昔日的大海

牦牛群、羊群、马群
狼毒烟、金莲花、沙棘……
如绵长的无声影片

经过我的心
——如经过时间的镜子

羊的眼睛

相互凝视的沉静中
它的瞳仁
向我打开了时空般的深渊
某种共同的隐忍、苦难

共同的悲戚、无言
它的顺从有累世的悲悯
累世的沉默、坚忍
弱小的一族
仿佛正在替我受苦
替我挨刀子
母亲般的温顺、棉质的赴死

万物凝神

阳光专注于照耀
鸟专注于飞翔
白云专注于沉思
雪专注于融化
野地专注于泛青
草专注于长高
花专注于绽放
牛羊马群专注于吃草
小河专注于流淌
…………
万物各归其类，凝神、安详

无人对弈的棋盘
交由时间独自操纵

种棉花的人越来越少（外二首）

◎向武华

棉花不值钱，又特别费力
种棉花的人越来越少
人们要么种速生高产的玉米
这些北方的庄稼现在占满了江南
要么去给开发商做小工
和泥、搬砖、扛自来水管

有女儿出嫁的农户还会种上几亩
毕竟自己种的比买的好
但是再也看不到连成一片的棉林
孩子们也不会钻来钻去
去繁星闪烁的湖边找父母亲
在月华如水的傍晚
帮忙一起推着棉包高堆的马车回家

这种月光下回家的感觉
父母亲疲惫又温和的眼光
汗水湿衫的农妇的乳房
静静的清澈见底的小水沟
吹动响叶杨环佩交响的晚风
还有奖励给从棉地回来的孩子们
柔软的芝麻月饼

这些同棉花一样柔和的东西
也越来越少,人们已经缺乏耐心

在浩瀚的月光下的棉地里
一朵一朵地采摘,触摸那些柔和的花絮

远光灯,己亥年最后一首诗

我原谅打着远光灯的司机
也许他是个新手,急于照亮前方的道路
却让道路陷于一团漆黑
我原谅愤怒的人,由于激动口不择言
他描述的一条河流并不可信
我原谅做梦的人,他多么想重温
梦中的一切,看起来荒唐又愚蠢
我原谅所有的诽谤、嘲讽、污辱、欺骗、诅咒、
憎恨、暴戾、偏执、迂腐、愚昧、沮丧、阴险
这些都像一条条有生命的虫子
它们的出现,都是自然的力量
我们的灵魂更是充当了这样的角色,像一块
腐肉,养育了它们
我原谅冬天的风,吹掉了树上所有美丽的叶子
让它赤裸裸丑陋地暴露在寒冷中
一切都会反转,由于羞愧,愤怒的人
他的讲述开始变得安静,更加接近事实

运木材的拖轮,在大雾中远航

向大雾中的村庄说再见
向大雾中奔跑的一只小黄狗说再见
向若隐若现倒塌的豆架说再见
向废弃的老井、碓臼说再见
没有啊,我没有说过再见
又有谁会轻易地同父亲说再见
同母亲说再见,同故园说再见
是因为今天早上在江边,看到一艘
运木材的拖轮,在大雾中远航
我似乎看到一座村庄在水面上漂走
情不自禁中,说了声。再见,亲爱的孤岛

一棵杏树（外二首）

◎七叶

风从窗口吹进来,从一棵高大杏树的枝叶间
吹进来,树叶沙沙作响

这是一棵野杏树,我曾见过满树杏花
一夜开放,盛大繁华
也曾在树下,捡起几颗掉落的杏子

微涩而酸

遗憾的是,我从未留意过
杏子是如何一点点由青转黄
树下来来往往的人,哪一家添了新丁
哪一个走了,就再也没有回来

窗外的野杏树不知已经活了多久
我们仿佛也活了很久,日复一日
有时走在烈日下,有时
走在雨水里

活　着

怎么平复这巨大的悲伤……

活下来太难了,活下来的人
要替很多人继续活着;要种很多很多的树
开很多很多的花,结很多很多的果子
要指认每一颗星星,要在深夜里痛哭
要默念着那些名字,大醉一场

活下去太难了,活着的人要试图抹去
那些黑的、白的、血淋淋的印迹
要拼命把自己活成一个巨人
一个哑巴,一个从来没有身份的
来历不明的人

一起活过的人,一个个失散了
二哥走的时候,你捡了二十九颗弹壳
数了好多天

在小镇

枇杷,杨梅,红豆杉
八角金盘,鼠尾草,金铃花
从迎祥寺到古城墙
我们一一辨认沿途的植物
向每一朵花微笑、致意——

暮色西沉,人群散去
小镇亮起灯火,月亮将圆未圆
我们踏上铺满青苔的石阶
在风中驻足、低语
像一棵树,爱上了另一棵树
像一片叶子,亲吻了
另一片叶子

题辞（外三首）

◎ 范剑鸣

繁华大地上有一棵大树，披离枝叶间
结满果子。引人注目的，自然是
最大最亮丽的一些——而我触目所及的
却是不起眼的一颗：它僻静，不怎么出头
我的欣悦在于靠近了它，通过它的额头
听懂了事物那未曾熄灭的内心

读龙珠寺大雄宝殿内对联

在众多跪拜和祈祷的身影后
我默记着这些汉字
一种宗教的注解
及其所呈现的哲学色彩
让我沉思：这佛殿的巍峨
并非取决于这几根高大的梁柱
而是借助于，甚至等同于
一些精深的言辞——它触及了
世界的维度和人性的假设

旺盛的香火，有时只是
大殿的异物——在众生和佛像之间

我目睹一条荒莽的河流劈空而来

安　置

他把大河湾和白鲸放在一起
而残雪紧挨着巴别尔，也出于偶然
从有限的光阴里看到无限
在松木书架，他的手一再踌躇

白　鹭

我羞愧于一首梦中的失败之诗
它如白鹭飞起来了。它和一条河流
交换了眼神。它庄严地获得了
文字之身，爱，语法
但它最终没有飞远。它落在河湾
一个我生活了多年的方寸之地
它把河流还给了大地。它把影子
留给了梦中激越而起的灵感——
而我醒来，它消失于平庸
消失于懊悔，消失于几十年阅读
及写作带来的更高企望……

朽木（外二首）

◎李继宗

是另外一些东西，让它变成了现在这些东西
永不磨灭的张望，没有结果
也没有结束的等待
波澜，荡漾，但根本不会再被触动
再被伤害的心灵
也晒着太阳，也沐风淋雨
也有一场雪，悄无声息地落在它身上
看见旷野不一定会看见它
但它就在旷野，就在一簇簇蕨麻花
或者一堆马的尸骨旁边
它空空荡荡地响着，却不再与任何声音有关

在很多树木中间

蘑菇疯长了一会儿终于长成了一把小伞
但想象仅至于此，再没有向前发展

阳光猛烈起来，鸟鸣穿越古今而来
河水在不远处
初夏在拖曳而过的一阵风里

树叶只是长年累月地积攒着热情
但想象仅至于此,再没有往纵深处去想

轻 寒

用眼睛听,用耳朵看,用鼻子去抚摸
一只蜜蜂
又一只蜜蜂,此刻在山坳里
凭借着自己非凡的能力
把一棵开花的树,飞越了一遍
又飞越了一遍
不只蜜蜂,小草以野火烧不死
雨滴以夜半空投
把这片早春的山地,一股脑儿地
绿了一遍,湿了一遍
这是早晨,一抹微云似曾相识
风就那么回事,带着去无踪,带着飘

剔除(外二首)

◎杨建虎

剔除尘世的喧嚣,在秋天
可以放任山野,一个人
对着山谷,大声呐喊

可以听清亮的溪水
喁喁而语
可以尽情眺望
蓝天白云的迷人梦境

没有比这里更好的去处
于自然无边的缄默里
可以摘下一束野花
优雅地，献给——
多情的风

剔除心灵的杂物和困扰
庸常生活之中
就让我，继续穿越这巨大的宁静
就让我，继续热爱这无限的草木
以及大面积的蔚蓝和青绿

清晨的菜市场

清晨的菜市场，是我喜欢去的地方
我迷恋，那些带着露水的蔬菜和水果
她们，从乡下来到城里
像我老家的亲戚
一个个带着泥土和水分
像摘下的一朵朵微笑
堆放在街道的两旁
是我心中的鲜美之物

在这里,我愿和她们一一相握
在故乡的田野里
她们发芽、长高、成熟,历经风雨
以丰满的身子立在午后的斜阳中
还不到深秋,便被连根拔起
带着田间的泥土
跃上进城的车辆

许多时候,我愿抱着她们回家
于庸常日子里
品味来自故乡纯朴的味道
许多时候,她们一直是——
与我相伴的至亲和骨肉

秦长城上的风

午后,依然去秦长城上听风
踩着蒿草和废墟
于一首首边塞诗
眺望历史的烟尘和残雪

一块块收割过的田野
盛满麦茬和阳光
野扁豆黄黄一片
还有紫红紫红的苜蓿花
摇曳一缕飘向远古的清香

萧关道上，一阵阵来历不明的风
穿越城镇和乡村
一截截蜿蜒伸展的秦长城
似在诉说——
久远的伤痛

临摹（外二首）

◎陈安辉

我临摹一幅画　不确定的一幅画
有时是一只鸟　除却整个天
空无一物
有时是一条鱼　脱离了大海
有时我也会走向田野
走进梵高收割后的麦田
陷入沉思　追忆黄金时代的鼎沸

为此　我偷偷拿出过镜子　照前生
观后世
想找出一颗红心的形状
可睁大眼睛还是看不清今生的模样
我练习　日夜不停地描摹
看自己怎样走出一条小径的尽头

春风帖

我听不懂春天的鸟语
这是遗憾的事情　我不是翻译家
诠释不了花语　还有那一缕缕芬芳的意义
猛虎能爱上玫瑰吗

春风有意无意地
像个无名侠客大道其行
它催生的田野太浩大了
延伸到地球的荒原

风的确是善意的
这就够了
它善意构筑的春夏秋冬和东南西北
让我们冷暖自知　忘记了悲苦

风穴寺

风在风穴寺上空盘旋　迂回
翻阅大地的经书

白云以婆娑之心
给远道而来的凡尘之人以香积缭绕之普渡

能听得见七祖塔上的梵阿诵语吗
悬钟阁上的千年钟声呢

白云禅寺　香积寺
千峰寺　都在风的日夜吟哦中各自皈依
好像风在这里成了佛的隐身

风过处　佛无处不在

荒草记（外二首）

◎木耳

这些前朝的子民
形容枯槁，却举止得体
即使穷困潦倒，也给北风让道
给战马让道。刀剑劈来，也只是
微微侧一下头，然后轻掸尘土
整理各自的粗布衫，不慌不忙

我看不清他们的脸
但他们一定修长、飘逸，为我辈所不及
诗人一样在江边踱步、焦急、悲愤、哭泣
不远处的其他人还是老样子
还是不愿换下前朝的装束
每次想到这里

我就想哭——
这些蒙尘了两千多年的人啊

挂马沟

第一道霞光，穿过挂马沟
穿过密林。接着
第二道，第三道，第四道
许多道霞光
战马一样

驰骋起来。蹄下的风
起于岚，起于露，起于水
鬃毛，是某种象征

密林以外，更多的树
正被驰骋撼动
也跟着驰骋，跟着
逼近悬崖

在崖边，我无法阻止驰骋
像一棵树
一棵战栗的树
身上布满了风和枣红

大寺沟

在大寺沟,我枯然而坐
一只岩羊,居然尾随至此
隔着小溪
与我相望

尘世太静。我们谁都没有说话
它在饮水
我在走神

后来,它接近一块巨石
我起身,似乎要开口
它却一闪,消失在了岩画里

我在原地坐下来,认真地打磨自己
就像打磨,一块石头的表面

磨刀的人（外一首）

◎王祥康

以为可以造就锋利
以为黄昏都有血丝

磨刀的人躬下身体　像朝圣者
但迟迟找不到朝圣的路
刀在左手的拇指上试了又试

自己与别人　谁更能推动命运
有时锋利是多余的

磨刀需要水　需要一定量的泪
需要力　以受虐的命理
渐渐把自己磨薄

他是孤独的　像我
拿着刀不知让锋利在哪里找到血

黑　夜

自以为是的人　把夜晚判给自己
他们有太多的故事需要发生
需要追赶一段路途
需要停车场　绿化带　某些目光

你还是一只陶瓷　易碎　感性
从泥土的黑暗出来
又遇到黑夜　这是生命一贯的哲学
"我的黑暗就是这个世界给的"
法院的判决书还在路上

停下脚步　　对着黑夜
有人看见起伏的大地被星光宠着
他们看不见自己的裂纹
生活总是这样缺少阳光和理由
一些人无目标在走
一些人提前劝自己归入黑暗

山有驿（外二首）

◎曹东

十里桃花，不过是一朵绽放
万千过客，其实是一人往来
你眼底的泪水
缓慢破碎
人世裂开
最深的缝隙

许多灯

许多灯，在我身体的房间
亮着。我轻轻走动
它们就摇晃
影子松软，啃咬一些痛觉
我上班下班，挤公交车

陪领导笑谈。十年了
竟无人发现
只在一人时,我才小心地打开
并一一清点,哪些灯已经熄灭

一个疯子也不是自由的

一个疯子也不是自由的
他被一条街道捆绑着
他问大家好
他比大家还好些
疯子　疯子　人们叽叽咕咕
指头缠着阴影
但疯子听不见
他的耳朵套起两只旧袜子
他说那是角
他说只可以向一只麻雀致敬
突然他吼了两声
人们惊惶地
向后退
他又吼两声
人们又退
空气就静止了
就真的有一只麻雀
像锋利的针　穿过人群
疯子笑了
疯子说　我并不想抛弃你们

桃枝词（外一首）

◎ 杨角

桃树一直在往体外掏东西
掏出桃叶，掏出桃花，掏出桃子
到冬天，它已经没什么可掏
灰蒙的天空下
它最后掏出了枯槁的手指

运白云

天气晴好的日子
能看见天空运送白云的马车
云朵是白的，马是白的，车也是白的
蓝色跑道上，到处是白色的辙印
那些快速奔跑中的车被风
处理成一幅泼墨。很多时候
我们只看见一个马脖，几只马蹄
一束白色的鬃毛，抑或带有杂质的尾巴
季风向北吹，我常随庞大的车队
走出祖国的边境
地球是一片洼地，从万米高空回来
人间正在下雨。而运送白云的车队没有停下

车轮的雷声隆隆滚过
很多时候,我们能看见一记
又脆又亮的响鞭

野牛(外一首)

◎闻小泾

在非洲,一只狮子是孤独的
几只狮子也不行
当它面对一群野牛时,狮子的办法
是没有的,而野牛张着犄角
就可以对狮子,特别是小狮子
发起冲击。当然,有时候,落单的野牛
也会成为几只狮子的饕餮大餐。
在非洲草原,弱肉强食已成为规则。
好在人类社会,还不完全如此,对
弱小者的关爱,还没有完全消失
每每看着大片,就对一只落单的野牛担心
黄昏下,落日如血,而野牛
则如落日。

芦 荻

一粒草籽是无谓的,但千万粒草籽

则会涌起一个大世界
芦荻，一种不起眼的植物，把草籽衔在
花朵上，风一吹，就到处
飘荡，满湖皆白，甚至天鹅飞来
也找不到回家的路
曾经的人民战争，就是这样
埋葬了日本鬼子的。站在波涛汹涌的芦荻
面前，我感到自己
如鸟蛋般的小

雨水记（外一首）

◎周簌

一只鸽子，在街心公园的雨水里趔趄
翅膀被雨丝拖得，太沉——
它精疲力竭的嘴，发出一阵咕咕声
鸽子也在承受翅膀痉挛的阵痛
以及内心险些崩毁的无力感
即便，它拥有飞翔的双翼
此时也飞不出这一小片雨水的烟缕

我们没有分别
共同经历着一场春天的危机
为了能够让它起飞，我意念之火的余烬
烘烤它的翅膀。向它狂奔，做驱赶状

终于,它向着一棵低矮的黄葛树飞去
落在了枝头上
用蓬松的眼神打量我

返回旷野

黑瓦漂浮在湛蓝的穹顶
有如一只兰舟倒挂于海面
鬼针花扶着门槛,像一团化不开的雾

惺忪鸟一样的圆眸,成串挂在苦楝树上
它们跌宕的鸣声,自倾斜的屋顶
滴落木格窗前
我在树影偏移的时候,返回旷野之中
金黄的草垛,在太阳底下流汗
我的全身散发着腐草的霉味

毗邻旷野的陋室
枯柴噼啪,焚烧着母亲的咳嗽声
我被一缕飘然而至的炊烟
险些呛出泪来

量知（外一首）

◎冷盈袖

远方，你正用瓢勺把清泉
浇灌于菜蔬的根部

新长出的果实在悄悄长大
这是你仅有的喜悦

静静站着，哗啦哗啦的水声此刻全落在
我身上。最近，我每天活在不同的事物里

就算在你我交谈的间隙
我首先捕捉到的却是蝉鸣，蛙鼓

一声长，一声短。有那么
短暂的一瞬，它们分开了夜色

入　止

晴久了，拣一年中剩下的
日子下雨，堆积乌云

经霜的青菜肥美，微甜
就在母亲家的菜园里，隔几天去割几丛

有时层层掰开卷心菜
用最里面的心炒饭

再加一点酱油
是想象中的味道与寂寞

有些事物只在童年时
出现，比如黄蝶，比如青蛇

或者说，当我们长大
有一部分世界就消失了

艾略特的夜（外一首）

◎王西平

旁边就是大月亮
两树扯下其间的白光，一定是，哦
是艾略特的夜，讨论远方

两个人，偶尔一次大雾
让彼此遗失，仿佛一张口若悬河的毛边纸
卷走了盲肺

又是艾略特，在密叶里
发现了撞车的诗行，发现活着，需要红色
需要染上鲜血的白色底衬

抑或需要一万个婴孩
创造呼吸，就像超级艾略特
在夜间出行，创造一盏坡形的明灯

把一切交付流年

跨越山川，我爱过的那些
无意义的禁闭，不再像花束一样开启
长途跋涉尤为困难，仿佛永不互对的双塔

砍向阴郁的云杉

一炷香火震落凡间，灰烬点缀着白日
大风接壤大雨，铁树就要落斧，倘若不爱
三年，时间造就的小辉煌
我们足够

唯有消失的，不在午后
而是一切流火载走的遗忘，和黄金块链
咬合的皮骨，那么轻脆地
摇着风，用小指推演着微凉

焚火一生，春秋入户
相爱吧，把一切交付流年
统揽小盆胜景，那里有无法触及的高窗
和低矮的念想

孤独价值连城（外一首）

◎夏杰

我依旧孤独地在马路上，在树下
练习心情，许多比喻的到来
都不是时候，与身边的一池河水
空白成一张纸
而几只野鸭把我画出来了

它们轻巧的笔法,把我摁在了纸页上

原来,它们已经不再练习线条
能盘算多少钱一个平方尺了
此刻的辽阔,将价值连城

自由地

裸露的鸟巢像一颗心,而心是空的
但树没有死,有枝条
在维系远方与近处,世间之物的雷同
值得夸赞

树下翻垦的老人,取下外套与口罩
一垄垄泥土长长地吐了一口气
像是得到了久违的自由
是的,我们称之为:自由地
可以种自己以外的东西

在春天要原谅一只蜜蜂（外一首）

◎孙灵芝

江南的守阵人,谋篇布局
从低到高　布好了眼线

那些茅草　油菜花　桃花　都看见了
春天的故事惊心动魄

白糖就要吃完了，下一餐
转场停顿，花期就要错过
脆弱的蜜蜂　敏感的蜜蜂
是养蜂人心尖尖上的肉
死去都是成群成群的蜜蜂
小小的身体是小小的墓碑
春风无限沉默的悲鸣
这是一个寂静的春天

春天到了，十万群花十万火急
十万朵花原谅报信晚到的蜜蜂
它们赶着下一个花期，就要来到
人间有新蜜喂养悲哀，便如伏虎

山　中

山中有路
是林中小径
是寻隐者留

山中有隐士
她磨镜植蔬　浣衣织物
有时候，她织风雨迷雾
于是无人敢于冒雨

有时她绣花海锦簇
寻隐者被花叶迷惑
人间有悲欢离合
负局仙留了紫丸药

她不言不语
天地就是她的格局
她在无路处

黄沙（外一首）

◎武雷公

黄沙只有狂奔万里，大风
才能长出狮子的骨骼
我要穿过多少荒野才能被塞北的落日
吹成埚。摧枯拉朽的芨芨草
需要多少天上眼窝阴翳之水
才能被浇灌成狮子的鬃毛
此刻，飞沙走石，细土骑着
旋风而来，辚辚车马之声
穿越我身体的客栈。石头们的脸如此干净
岂知风，吹了多少年

柔软的幸福

苍鹭,越过雾霭和山道
栖息于我体内,抖了抖翅膀
我内心的潮湿就变得柔软
历经时间的地窖储存
我知道浮世有一种叫恨的坏东西
逐渐散发出腐朽的馊味
我深信幸福,是柔软的
就像妈妈落下又被风掀起的苍发
就像阳光每天在我身旁
编织生活的地毯
就像我的安静弥散四野
这是我给予大地的恩典
这个世界多么需要奇思妙想
我希望,在它的柔软中
每时每刻,磨损着
我对这个尘世的陌生。就像今日
我看到白天的月亮比夜晚的月亮
更像月亮

砌墙者（外一首）

◎迷子

头顶一轮灼日，他对这灼日
既爱戴，又憎恶
然而他精湛的技艺，能使其
内心得到完美的安抚
一堵墙的建设，往往会在
既定的时间内完成。
时间在推移，阴影在形成
一堵墙建好
又推倒，欲再重建
这是砌墙者一直在做的事情
然而某天，他的时间已不再够用
硬朗的身体不再中用
再没有任何推倒的力气
他就会躲在墙下痛哭流涕
让一堵墙与之形成无限对峙
而又不敢轻易跨越任何一步

荒野颂

置身于荒野间
莽草锐利，荒野并没有像我

预想的那样远去
反而向我涌来

四野辽阔，远山苍茫
苍茫中的风声
如鹤唳，那远去的鸟鸣
已逝去多年

在这进退维艰的
两难之境中
只有母亲的召唤
让我又全身而退

被驯服的大象（外一首）

◎王九城

刚出生几个月的小象
被装进一个刚好容纳它身体的笼子里
很多天无法进食也不能趴下
每当它暴躁不安，或者想要挣脱
驯象师就会用链条绑住它
用棍子抽打它敏感的部位，或者电击
把象钩刺进它厚厚的皮肤里
持续一段时间，磨掉野性
小象开始惧怕人类，会按照口令指示

表演画画、跳舞或供人坐骑
这个过程中，有的小象会死于窒息
有的死于挨饿、死于压力，有的死于心力交瘁
在泰国清迈我见过的大象
被一截细链子拴在一根小小的柱子上
挣脱对它来说是那么轻而易举
但它已习惯了不挣扎，超强的记忆力
让它脑海里的痛苦化作眼中的泪滴
那之后的很多年过去，我终于
在一则新闻里看到
一只驯养的大象突然冲入了人群……

一个环卫工坐在玉兰树下

正是玉兰花开热烈时
地面已经清扫干净
他坐在树下的石级上
埋头抽烟
口罩挂在左耳
一朵玉兰花落到他右肩
又滑落在地
他深吸了一口烟抬头
对着满树繁花
吐出一个烟圈

两棵樟树

◎叶小青

樟树，在时间里塑身
塑造自己。两棵樟树

抽象为颜色
抚慰的绿

现在，樟树在我下面
但它们有根，有泥土

欲望的生长在尖梢
或在词语内部

樟树也是词语
生长的词语

用春天的芽梢扩大自己的边界
用春天的芽梢探寻自己的边界

春天的欲望，这也是诗歌做的事
但我不会把樟树混同于诗歌

它们站在地上，在五楼的外面

两棵。它们互为影像

互为印证。樟树,诗歌
或窗内的眼睛,灵魂

或诗具象为两棵樟树
这是窗内人乐意见到的

没有人见过诗的真面目
在之前。之后呢?

不能挽留的

◎ 尔容

不是雨洗劫了繁华
是泪水倾盆
带走了坚守
失望被堵塞了道路
放弃就成为出口
不是花放弃了绽放
是枝干无力承当
一朵花的去向
曾经花前饮
应笑故人痴
原来从热闹到零落

只需轻轻一个转身

影　子

◎墨痕

被光，拉长的整个身体
竟然比我，还紧紧贴近土地

直立的姿势倒下去，我的另一个我
高出我数倍
这让我想起先辈们的纪念碑
在另一个影子里
迅速复活

无论仰视或者躺下去
我真实的肉身下面，都是影子先于我
悄悄地爬进土壤，贴近先民

并在第一时间，阅读
他们，黑下去的骨头

暖　流

◎付江月

怕热怕光的人
躲进阴暗里
在一棵大树下擦拭脸上的虚汗
心中的忐忑
被浓荫的缝隙里射下的一束光
击中
虽没痛感　还是难以忍受
于是挪动身子
钻进更深的阴暗
意想不到的是
更深的阴暗里也有一股澎湃的暖流

逃避　是不切实际的
只有在阳光里奔跑
出几身汗
排尽蛰伏在身体里的毒素
才会感知一种无以言表的轻松

以上均选自新浪博客

2020 年度网络诗选
中国诗歌网推荐精选

夜雨记

◎胡弦

看见一本抄经,
想起抄经者已不在了。
看到一则讣告,惊讶于
我以为已死去很久的某人,竟在世间
又默默活了那么多年。

昨夜暴风雨,失眠者在床上
辗转反侧——要在激烈的
扭打过后,才能分辨什么更适合怀抱。
我也曾在泥泞的路径上跋涉……

而阳光照着今晨的理发店。
经过梳理,一场
暴风雨渐渐恢复了理性,消失在梳齿
偶尔闪现的火花中。

你当然可以说

◎ 蓝蓝

你当然可以说:"人没什么可自大的。对于蛇来说
到处都是路。鸟飞在空中需要路吗?
还有鱼,在大海里。"你望着楼后面的村庄
黄豆地里升起的淡淡的雾霭,蓝色的——如此清澈
瓜园,菜地,人们在土里刨出滚圆的红薯
灼热的太阳点燃了玉米的红缨子,并在蒿草上
催生浓烈的香气——你抓住笔,说着,写着
攀援到这座城市的楼顶,并在天空的深处
找到一张稿纸——能放进这一切的——正是这个样子。

鱼

◎ 黄梵

像灯一样的眼,为什么没有照亮?
像花蕾一样的眼,为什么没有盛开?
莫非你也像人一样,一直戴着面具?
为什么你有足够多的骨头
偏到死后才试图卡住人的喉咙?

我守着装你的盘子
守着怜你的假慈悲
你散发的浓香,来自你血腥的死亡
你一生的故事,我吃进嘴里还有用么?
你一生的视野,我用舌头也能继承么?

想到你是一个生命,甚至鱼里的先知
我不再是瞎子和聋子
一刹那,我成了能听懂你遗言的罪人

检 修

◎哑石

这两台机车,都出了点问题,
可能出问题的地方不一样。
如此看来,我们需要在海风中
停一停,停在海滨大道旁,
检修一遍似乎还在每个部位里
喘粗气的小预感、小零件。
不锈钢螺帽,黑色硬橡胶
裹住的黄铜丝线,一块镌刻
细密电路的单硅晶片……重要的,
我们都需要千斤顶,把躯体
抬得更高一点;需要深入
明白:世界,是一种在黑暗中

强烈的液体。一旦油箱开裂,
它的前景就会挥发完。相信我吧,
当我们抬眼镶金边的海浪,
鳗鱼会在紧裹的爆炸中滑入,
轴承的神秘曲率,弓着腰在你
倒向海岸沙滩的瞬间醒来:
远方晚霞,此刻正"嘭"的
一声,拔出了漂流瓶的瓶塞——
海鸥飞。一瓶加速的酒,烈而甜。

致

◎张清华

世间的万象中最适合你的比喻
是一座行走的旧房子。你的房间对于我
是如此熟悉,珍宝和灰尘
藏在哪里,我一清二楚,哪里有
温暖的炉火,安谧的密室,可疑而
拥挤的角落,你我都心照不宣
哪怕你一点点的颓圮,一点点残破
对于我,都是想死的温暖与高度
我必须相依为命的另一半,我的
有一点纷乱,有一点蒙尘,有一点
恩怨纠结的旧房子……你走来走去
步伐不再灵敏,节奏渐渐不再轻盈

但却成为我毕生最后的
唯一想安享终老的旧房子

他的眼睛里有马的孤独

◎谷禾

一匹马走进酒吧,
它打着响鼻,固执地,
向年轻的侍应生索要草料。
侍应生伸出茫然的手,
摸它的眼睛、鬃毛,蹄子,
然后,递上一杯红酒。
它接过来,坐在靠窗的地方,
望向窗外,偶尔低头,
饮一口酒,继续望向窗外。
事实上,也许并没有马
走进酒吧,是刚才进来的人,
坐在靠窗的地方,他
望向窗外,偶尔低头饮一口酒,
继续望向窗外。

物质论

◎孙启放

我必卑微。物质的人
不同种类的云朵
不同心境中,被称量出
不同的斤两。

这与自然的韵律暗合
而抛弃自己的判定是多么的不道德;
有濒死经历者
叙述到天国的光芒格外明亮。

光芒,也是物质。
唯死者结束了自己的战争

云是顶在头上的湖泊
我们虔诚中播撒种子
泥土中开悟,犹如物质化的思想;

犹如
思想的物质化,总会
外溢出被毒物学认定的有害尘埃。

渡　口

◎古马

……我已经走了
一只无人的渡船
灰蒙蒙的水浪
远处山峦
这些都不能安顿你们

假若你们在此驻足
发现渡口有冷落的灰烬和锅碗的碎片
请想起一个野火熏烤的夜晚吧
那时，我正在耐心细致地翻烤一条大鱼
为一个人，为天地间一场盛宴
也为后来的你们
那时，蛙声把黄河古象的骨殖和两岸的旱柳都叫绿了
闷雷，给草棵间忙碌的蚂蚁增添透明的翅羽

绿雨潇潇
渡口
口含灯火
……我已经走了，我生活过
也短暂地
爱过

庄重如许
饥渴如许
……是如许地知足

夜晚散步

◎冯娜

我喜欢和你在夜里散步
——你是谁并不重要
走在哪条街上也不重要
也许是温州街、罗斯福路
也有可能是还来不及命名的小道
我喜欢你说点什么
说了什么并不重要
我能听见一些花卉、异国的旅行
共同熟识的人……
相互隐没，互成背景

我喜欢那些沉默的间隙
仿佛我并不存在，我是谁并不重要
你从侧面看过去，风并未吹散我的头发
它对我没有留恋
风从昨天晚上绕过来
陷在从前我的一句诗里：
"天擦黑的时候，我感到大海是一剂吗啡"

我喜欢那些无来由的譬喻
像是我们离开时，忘掉了一点什么

晒时光

◎娜仁琪琪格

我们不想往前走了　连绵的山峦让出
辽阔　让出腹地舒缓的坡度　让出了安宁
与舒展的可能

微风推送花香　绵软　轻柔　那些圣洁的白
一直从天庭垂落　伸手可以触及的
又被风　倏忽间带走

天蓝得让出了梦境　让出了空
适合的高度　阳光微醺
适合我们拿出积压太深的　重负

坐下来　抑或躺下去　打开　轻缓地舒展
草原就拥抱住了　一朵花　又一朵花
一株草木　又一株草木

我们就在这里晒时光　抖落
风尘　过往中的痛　骨缝里的灰　日子里的冷

每一朵棉絮吸入的　都是阳光　河流　草木的生长

异乡的傍晚

◎广子

远处。大地仿佛装在秋天的画框里
落日金色的镶边上

柳树还没有褪尽绿色的油漆
傍晚美如斯。异乡的傍晚

本来轮不到我赞美
也不会使我成为一个罪人

但世界正好缩小到一扇窗户
我正好站在窗户后面

看见异乡的傍晚美得像一幅画
但我不在画里。我只是

一个被雨水淋湿的过客。在异乡
我和这个傍晚都不会久留

坦白书

◎马慧聪

我守着我的世界
天圆地方

我每天都在操心很多事情
比如核弹头、水、黑洞、满天星斗
我所操心的事情
基本与我的生活无关

我酒风也不好。每隔一段时间
我都会断片一次
把另一个自己放出来
教训一下自己

我恐高,我贪吃,我胆小
我用结结巴巴
来代替百毒不侵

刻碑的人

◎非马

在安乐公墓,我看见一个
正在下蹲、弯腰,忙活着刻碑的人
从一块块坚硬的长条石中
不断抠出陌生的人名
以及准确的生辰与殁时,手艺娴熟
字体或楷、或隶。像掌上老茧一样厚实
笔划如铁钉,一根根揳进去
算是盖棺论定

这些躺着的人名
生前与他没有半点交集,也无丝毫瓜葛
眼下却如此接近。仿佛离散多年的亲戚
在异乡的某条陋巷,不期而遇

掸了掸落在衣服上的灰屑
他缓缓站起,神情凝重地盯了一眼碑石
许是久蹲的原故,他趔趄了一下
像是被光阴从身后推搡了一把
与面前的石头,又靠近了几步

蟋蟀在歌唱

◎江离

当最后几片薄暮褪尽
蟋蟀开始了歌唱
先是我童年的瓦片下，带着
早晨永久牌清亮的音色
然后，是在废弃的冷轧钢厂歌唱
蛛网将它的声音凝结在历史亦真亦幻的露珠中
它在高架下歌唱，上面
厌倦了应酬而急着回家的尾灯
画出了红色的弧线
它在我们时代致良知的困扰中歌唱
也在没有任何保险的穷人屋檐下歌唱
安抚着夜半婴儿求奶的哭声
它在墓地歌唱，在来不及清扫的战场上歌唱
那里，相互搏命的敌人拥抱着倒在一起
城镇的灯火，像悬浮的岛屿
远处，风中浮动着蛙鸣和秋虫声
交织起另一片灯火，托管了听觉的迷宫
在夜的穹顶下，它们唱着，一棵棵树
像一众塔林，庄严、肃穆，在一片梵音声中

丁酉年登山偶遇放蜂人

◎俞昌雄

蜜蜂有自己的道路,不同于崖壁上的
瀑布,也不像瞄准器里的白鹇
它们飞得很低,低到翅膀的反光
几乎陷入草木的呼吸
放蜂人比山里任何一棵植物都要来得
安静。这让我感到害怕
每当成百上千的蜜蜂飞离蜂箱
他也随即变轻,轻到不需要肉身
只留下明亮的轮廓
可是,正是那样一片漂移的光影
让我觉察到了什么才是山水的静穆
什么才是浮云的根
放蜂人走走停停,忽远忽近
从微微发烫的晌午到倾斜的黄昏
他一直都在那里,在山涧迂回的地方
在飞鸟的侧影里
他比泉眼空阔,又小于林间的风
蜜蜂逐一飞回,赶在天黑之际
密密麻麻的翅膀携着那巨大的嗡嗡声
整块山地如此沉重而斑驳
放蜂人把自己浓缩为一盏孤灯
牢牢地,安插在那战栗而不朽的黑暗里

一只乌鸦

◎麦豆

在乌鸦消失的地方
曾有一只乌鸦
在灌木丛边缘低头觅食

它一边觅食
一边提防
午饭后绕湖散步的我们

它在湖的另一边
侧脸对着我们
它的身边没有另一只

不知是无聊的好奇
还是可怕的善意
让我们突然停下脚步

我们突然闭口不语
这吸引了它
全部的注意力

它像雕塑一样望着我们

一生迅速抵达
那个永恒的瞬间

可怕的寂静中
我们看着它
被一只黑猫拖进了灌木丛

霜　降

◎汪抒

我看到了清寒的绅士
但他并不是树木的化身

回到现实吧
白霜未下
有四只黑鸟，在温热的地上
三只站着不动
另一只在轻轻地走

我为不能与它们清晰的眼神
对视，而
抱憾终身

所有的白霜都产生于树木的内部
不知何故

被运到空中
然后稀疏地落下

而那个绅士,有可能就是我的祖父
他躺在地下
一双不闭的眼睛
有时失神地凝望着
霜落中的晴空

母　亲

◎雪松

院子里,母亲在缝制自己的寿衣
一针一线,死亡顿时变得平常
像母亲不太好的针线活
我想同她说说话
但又觉得说什么都不合适
她缝得很认真
歪歪斜斜的针脚
让我觉得她比平日里可亲许多
此刻,那最终要到来的
她没有回避
而是告诉我该怎样迎接
这减缓了我内心里的痛楚
——哦,死是那根线

终要穿过每一个针眼
而当她不知该怎样缝下去时
就仰头看看天
仿佛她早已故去的母亲就在那里
而她扎着两条小短辫,仰着脸
接受着隔世的训导

一把好枪

◎赵琼

一切安排妥当
连长,被媳妇
包进一块包袱
挎在自己的胳膊上

五岁的儿子
抱着连长的照片
连长持枪的手臂
和瞄枪的脸庞
被相框上挽着的黑纱
全部遮挡

照片上,只有一把枪

深夜对饮

◎老井

我们谈论一个熟人的死亡
用筷子把瓷盘戳得叮当作响
酒入愁肠，花生米像坚硬的枪弹
打中五脏当当地作响
户外的黑暗越来越大
推搡得楼群摇摇晃晃
有人不断从明亮的玻璃上
掉了下来。我们假装看不见
空瓶子越积越多，两个男人开始下到
自己的胃里划船。
春江潮水连海平，海上明月共潮生
前仰后合间看到
深夜里的月亮更像一颗跳动的心脏

外　婆

◎虹羽

药片是吃不完的
疼的时候吃，呼吸不了的时候吃

百无聊赖的时候，也得吃
你从骨瘦如柴的手指上取下银戒指
放在我的手心，上面是一朵花的模样
爱开玩笑的老太太，道别却说得这么认真
"外婆要和你们说再见了。"

画面裂成碎片，变成了割人的玻璃
在每一次经过医院的时候
在每一次看到穿着蓝粉色护工服的阿姨时
我总是把脚步放得很慢，我怕他们突然回头
我怕看到让我熟悉的面孔
像从前那样和我打招呼
"今天又来看外婆了吗？"

那　年

◎陈荣来

那年，成群结队的鸟鸣
朝着旷野飞，一阵
紧似一阵
蔚蓝色的天空下，炊烟无力地摇曳
无休止的风声

那年，我的村庄充满了潮湿的气息
荒草和河流，一个劲泛滥

打满补丁的田野
长不出庄稼的茂盛

那年,父亲没有熬过大暑
那年,我16岁
那年的母亲,很少言语

我一再练习方言

◎白公智

一棵树进城,被截去了枝叶
只剩下肋骨。从伤疤里萌发的新芽
开枝散叶的声音,都是普通话

我一再练习方言。面对
一片树林,一畦庄稼
重新找回方言的抑扬,和顿挫
让回音,再次从山谷荡出
母亲喊归的黄昏。让炊烟
再次牵回游子回家的脚步
父亲拄锄而立,聆听大地物语
如玉米长舞水袖,一阵风
就把乡情,送向远方以远

我一再练习方言。因为我怕

真的回到故乡,因为说错了一句话
乡亲们就把我当成了外乡人

巴　河

◎林莉

我曾见过巴河,在十一月
大雨中。那些青灰的雨点和流水
从旷野里,构树丛旁急急滚动
我曾想沿着巴河静静走一走
跟随一群白鹭,在水面自由自在飞
或者,在岸边坐下来
给久违的人们写一封信
感受到那些奔流不息的河水
和着清冷的雨,已经
滴落到枯萎的生命中
我还假设,我和那个勇敢的少年
在构树下擦肩而过
面颊温暖,空有一身侠骨和抱负
那是一个多么伟大的时代
白鹭贴着水面飞出了人字形的队列
构树金黄的叶片点燃肃穆的冬天
巴河流过了巴河
"翻卷着战栗般的波纹和冷……"
事实上,只有

事隔多时,我才能描述出巴河
才能在回忆中再一次
陷入一种充满兴奋感的孤独
和遗憾中
很久很久了
雨以及河水从各个毛孔、缝隙
深入到这里面来
当我一个人沉默着回想
那时,十一月,大雨里
我见过巴河,在古老的时间流逝中
从车窗外一闪

山　中

◎憩园

当他一身臭汗坐在刚砌好四五十厘米的灰砖上
他想起他爱过的女人正在平原变老。

一个人年龄越大
越容易停下来思考衰老。
依赖记忆活。

二十郎当岁的青年
他们不知疲倦为何物
也不理解词语,更别说丛生乌桕

再次长出来的圆舞曲。

他将挽起的袖子松开
一些泥沙随风散落。
他重新挽起衣袖
等待新的泥沙进入肉里。

果核藏匿于果实中
他抬起头来四处闻着。

相比一马平川
他更爱这里,一座小山连接一座小山。
他们将房子建在小河边
上山劳作
下山就在河里洗澡。
第二天又把河水的秘密带上山
日复一日,永恒连着永恒。

四朵桃花

◎ 蒋志武

四朵桃花在一个枝头上,紧挨着
褐红色,看上去十分轻柔
蜜蜂在花蕊中滚动,它将全身的针
扎在了这里,在桃树下,我有红色的欲望

并将身体慢慢缩紧

红色,就是我灵魂的色彩
在春天的新生事物中,时间喷发出来的火焰
正撞击着蔓藤爬升的围墙
而真正的诗人都是一朵桃花
在春天造梦,日夜兼程赶往果实的肉身

我爱一切幽暗,也爱绚丽的外表
当四朵桃花同时开放
就会有四个梦带着土地的青铜
演奏,并穿过富有弹性的地面找到它们
深埋于地下的栅栏

夜行者

◎孔晓岩

我知道,你一直在此处
等我。听一条鱼急促上岸
我们怀揣涡流,背影在人海中
变得深刻。

只留下一只眼看世界:
晨曦和月亮,子夜和白昼,签下的契约

思念里挤出不安——蓝和蓝,或者和灰
我的鳞片与你的渔网,等着被遥远的风吹走

唱片机,锁不住早年的月亮
空转的孤独,随时使人沦陷

倒立的月亮,转过头,
我把水的灵魂抱回体内

一束水花摆渡,天上的灯亮了
我们的灯灭了
渔船带走黎明前的呼吸
我们在余烬中取一生的暖

归　途

◎予飞

深秋,一群健壮的牛走在马路上
它们身上画着红叉
在此之前,我从不知道
这是条通往屠宰场的道路
寂寥蜂针般来袭,一群牛背负着
整个天地间的孤独走啊走
很多年了,它们总是毫无防备地闯入我的归途
让我羞于谈收获和驯服

让我一次次在人潮中醒来

石鼓回信

◎独孤长沙

潜之兄,落花时节,又是一番肝肠寸断
崂山归来,除了砍柴浇地
我并未练就真正的穿墙之术
甚至胸口碎大石,也不会了
接连三个月的细雨,被浪费成一条河流
望气者,拿云者,垂钓者,投江者在此云集
整个下午,他们都在练习忧愁,表演深沉
临江草木葳蕤,不觉已是盛夏
但潜之兄,千万莫要问起前程
自早年乡试落第,我便不再读书
终日在庭院种葱蒜,写菊花,炖杂鱼
如若盘缠充足,我想去趟省城,研习岐黄
罢了!逸仙,树人或早有此想
近来泛舟于三峡,得见一女子
其父嫌我粗鄙,常做虎豹状,鹰隼状
终不得近身,为之奈何?
去日苦多,来日更是不甚唏嘘
王宝盖远走江浙后,雁城已如空巢
芒种过后是夏至,不知山中岁月几何
盼归。向知秋兄带好

独　处

◎叶菊如

1

芦苇愈发高大。一动不动的黑天鹅
突然举起翅膀
蹭了蹭黑夜一样的脖颈
慢慢地穿过草地……

在一截坡岸蹲久了
那一小块黑夜，会背到我身上

2

苍茫是因为三角梅举出浩瀚的花朵
而风匍匐在草叶深处——

不是我制造的这语境
我没有什么可以应和

3

黄昏，就是我说的这个样子
唯有寂静
唯有鸟群

我的宿命：看山看水
看远处的星光和灯火
看一个人在低处把现实分成了两个

伏牛山的暮色

◎北星子

岩石上搁着的，是
从杂草丛间树枝上一只麻雀翅膀下，掏出的
一本暮色的
经书，天快黑了
几只汉字的蚂蚁，抬着一粒玉米翻过了岩石

之后是空寂
之后是红尘
之后是人间
之后是思念

……之后是风伸出的手，蘸了一滴
麻雀叽叽喳喳的鸣叫的唇液，轻轻
翻动了一下，岩石上
一片暮色的人间……之后

是天空，是落日

是伏牛山拉着伏牛山的火车
拉着我

秋　韵

◎乌良

夏天的炽热,从秋野的草尖
悄悄退烧,秋阳的黄金颜色
洒在土拨鼠露出的赭色的脑袋上

一群秋后的蚂蚱,挣扎着
寻找夏日里的遗留
仲夏之夜,它们曾燃尽自己

终将在一个冬天,我们不能再相见

如同秋膘丰腴的绵羊群
如同储存露水的土拨鼠
如同抱紧草茎而亡的蚂蚱
在秋野的金色空气上,划出一道伤口

与一只羊相约春天

◎袁牧

在故乡的绿草坡上
蓝天底下
一只雪白的羊
恬静地吃草
她春水一样的眼睛
真像我手中温暖的诗行

那是天底下最洁白的一只羊
一串一串的阳光下
她毛茸茸的身姿
像雪像云像哈达
像帆行海上　花开陌上
她暖暖地翻滚
春天就莺飞草长
她轻吟小令
三月就开始膨胀

我多想放牧那只可爱的羊
牧笛吹响
就是一个梦想的天堂
举起羊鞭
我却无法赶走滋生的念想

以及满坡的清香
我情愿变成一只羊
陪她咀嚼嫩绿的时光

南岳,有雾的早晨

◎木头说话

寺门开了。雾侧了一下身,
风也侧了一下身。
那声吱呀
像是神将一座山移动。
没人看得到,大雾里的山
是偏向我们心的左边多一点,
还是偏向我们心的右边多一点。
或者山根本没有动
只是寂静被一双手推开了三尺。
只有三尺。
走到松树下的老法师不说话
他与松树在交换什么。
除了安宁,这一对老朋友
大概也没有别的什么可以互换。
那僧袍的深黄色
多么具体而慈悲的色调,
风与雾面对这面黄铜的镜子
都一副倾诉的样子,

其实并不出声。
没有语言可以打开这种倾诉。

把秋天吃掉吧

◎橙橙酥

我们把秋天吃掉吧
用落叶裹着小松果
再蘸点甜甜的玉米粒

我们去找田鼠借些豆子吧
再抓一把秋天的星星
泡茶

我们生个小火炉吧
再煮一锅唱着歌的南瓜粥
分一碗给我们的鼹鼠邻居
然后一起看看黄昏时的山

在金黄的柿子里点盏灯吧
然后跟着摇曳的烛光一起大声地笑
捧着它
找找那条被落叶覆盖的路

骑车经过下坡路时

记得装一口袋桂花味的风
然后随信
寄给远方的朋友

给葡萄留一盏窗户吧
我会踩着缝纫机
踢踢踏踏
做一块月色窗帘给它

把秋天吃掉吧
我有点舍不得
却馋得厉害
明天微微凉的早晨
记得用一筐苹果
找麻雀换几颗山楂
吃掉秋天
我们一定会消化不良吧

也写一粒米
——献给我最亲爱的祖国和人民

◎戴瑀

是一个叫春奎的诗人,在一粒米里写下
他的故乡——纯洁,剔透,精悍
是一个叫汉字的仓颉,在一粒米里刻下我们

的姓名——炎黄子孙
是仓颉的仓，囤积了太湖的软
太行山的劲道，中国人软硬适中的情怀
是一担担经过如琢如磨的
风、雅、颂的传唱，硕鼠硕鼠勿食我黍
是管鲍之交，仓廪实而知礼节
是一个叫三过家门
而不入的汉子，在一条大河九曲回肠处
种下的内敛，含蓄，五谷丰登
是我的华夏啊，你有多少米粒，就有多少
脱颖而出
铮铮如米的骨气，赴汤蹈火的豪情

是十五座城池的春种秋收，举起的犁铧
用一块叫蔺相如的和氏璧
是百金之资里包裹的漂母的恩情
用一介国士的布衣
是一位叫出师未捷身先死的相父，在蜀道上
留下的日月星辰和七粒米
臣本躬耕于南阳
是被一扇朱门遮住的酒肉臭
让一叶扁舟想起的小邑犹藏万家室
是性本爱丘山
在县衙大堂如释重负的五斗粳米
是一个叫儒家的朱子，在江南鱼米之乡
立下的家规
一粥一饭当思来之不易
是我的国啊，你有多少米粒，就有多少

风调雨顺和青黄不接
就有多少斩木为兵，揭竿而起

是一次次沸腾的大泽乡，米脂县，金田村
和凤阳花鼓
是一个青年在井冈山上
用来着色星星之火的一碗红米
是一个烈士在狱中蘸着发霉的米汤写下的
我可爱的中国
是一个叫农民的中国，用来打下江山的
一支步枪和一袋小米
是一支叫雄赳赳，气昂昂的军队
捧一把炒米就一把雪，就能洒出一腔热血的
谁是最可爱的人
是我们血脉相连的亲人啊
熏黄的皮肤，洁白的牙齿，你有多少米粒
就有多少含辛茹苦
就有多少蒸蒸日上和生生不息

是一条叫父亲的扁担，在一只箩筐里许下
的承诺——颗粒归仓
是一个叫糟糠的妻子，在一粒米里褪下青春
是一粒米十月怀胎
留给娘一辈子的牵肠挂肚
是一粒用大骨熬香的米，留在嘴角的痣
是一粒用水化开的米，贴上的春联、门神
和一张张孩子的笑脸
是一粒粒米挤在斋饭里，接纳祖先，天地

鬼神，叫团圆
是一粒粒米醉倒在酒里，叫梦里不知身是客
是一粒粒没有石头坚硬却比石头更加坚强的米
是一粒粒生亦倔强，死亦柔软的米
是你是你还是你
是无数个你的你，是每一个你的你
是我的故土啊，你有多少米粒
就有多少炊烟
一望无垠的田野，面朝黄土背朝天的人民

我也是十四亿粒米中的一粒
纯洁，剔透，精悍，饱含深情……

我要写那些在夜空中闪耀的星星

◎刚子

不能让事物来成就你的诗歌
这是我最近的想法
比如，有些人把乡村写进诗歌
写着写着，最后越写越远

比如，有些人把月亮写进诗歌
写着写着，月亮被写烦了
不情愿地说，去写那些在夜空中闪耀的星星吧

再比如，有些人把父母写进了诗歌
写着写着，父母越写越老
最后，被写进了泥土里面

我常常想，为何我们不多写那些
躲在角落里无人知晓的细小事物呢
比如夜空中闪耀的星星
大树下欢乐生长的花草

我热爱诗歌，更热爱生活
我要在我的诗句里
写下祝福——愿天下生灵
都在各自的轨迹里好好生活

以上均选自中国诗歌网